永不放弃

never give up

王珑 著

天津出版传媒集团

天津人民出版社

图书在版编目（CIP）数据

永不放弃 / 王珑著 . —天津：天津人民出版社，
2019.8
ISBN 978-7-201-15123-6

Ⅰ . ①永… Ⅱ . ①王… Ⅲ . ①长篇小说 – 中国 – 当代
Ⅳ . ① I247.5

中国版本图书馆 CIP 数据核字（2019）第 181378 号

永不放弃

YONG BU FANGQI

王 珑 著

出　　版　天津人民出版社
出 版 人　刘　庆
地　　址　天津市和平区西康路 35 号康岳大厦
邮政编码　300051
邮购电话　（022）23332469
网　　址　http://www.tjrmcbs.com
电子信箱　reader@tjrmcbs.com

责任编辑　谢仁林
装帧设计　知库文化　马　佳

制版印刷　天津雅泽印刷有限公司
经　　销　新华书店
开　　本　710 毫米 ×1000 毫米　1/16
印　　张　17.5
字　　数　189 千字
版次印次　2019 年 8 月第 1 版 · 2019 年 8 月第 1 次印刷
定　　价　48.00 元

代　序

　　王珑是我近年来结识的一位80后青年作家，率性纯真，充满青年人的朝气，他在文学创作上总保持一种向前冲的劲头与热情，他创作的文学作品不论是诗歌、散文，还是随笔以及短篇小说等，我几乎都读过，他的创作注重生活的真实与真情实感，他有一双善于发现的眼睛，并且能用他手中的笔把对生活以及人生的感悟留于笔端，他娴熟老道的笔触，字里行间总能给人以深深的触动，常言道："文如其人"。

　　王珑除了工作以外，他把所有的精力都投入到了写作上，近年来不断有新作品问世，继他的散文集《三月》出版后，他的这部长篇小说《永不放弃》也即将付梓。

　　当他把整部长篇小说《永不放弃》的文稿交到我手里，并且出于对我的信任，让我为此书写序的时候，这让我感到非常震惊。要知道，一部长篇小说的写作，是得需要耗费作者多大的精力呀！我震惊于王珑的创作毅力。多种工作压身的他，要花费不知道多少业余时间，来构思完成这么大的一个文字工程。单就这一点，让我觉得是非常了不起。着实让我对这位青年作家肃然起敬，由衷的钦佩。

我通篇读完王珑写的《永不放弃》这部长篇力作之后，掩卷沉思，很想说的是，他的这部小说，构思严谨，脉络清晰，故事情节跌拓起伏，耐人寻味，许多章节几乎都是他亲历生活的真实写照。在王珑的职业生涯中，他经历过许多行业。"医药代表"这一个职业在他的工作历程中所占据的"比重"应该说是最大！他在小说《永不放弃》中用单独一个章节借以虚拟人物来叙写"医药代表"。有这方面工作经历的人似乎都可以看到自己的影子在里面。其实所有文学作品都来源于现实生活，甚至说是某些生活的真实再现。

这部长篇小说里的内容，充满了人性的拷问。作者以细腻的笔触描写了人世间的各种复杂情感，突出了亲情、友情、爱情在人的一生中对人生追求以及精神向度的影响。作者以独到审慎的眼光，仔细观察审视着大千世界里错综复杂的生活，并且付诸笔端。小说整体内容给人以"永不放弃"的精神鼓舞与力量，读之令人振奋。这部具有生活实际意义和极具时代感的小说，我认为写得非常成功。它映现了一个时代生活的真实，突显了人性的光辉。

读完王珑的这部长篇小说《永不放弃》，综上所述，是我的切身体会，代为序。

——徐春艳　作家，三河市作家协会副主席

目录

目
录

第一章 宋大饼的头疼病

"宋大饼，那个'黏糕'又来找你了!"

宋大饼揉了揉有些微痛的太阳穴，感觉脑袋又痛了一些!"黏糕"是同事们给那个人起的外号，因为他几乎每天到了快下班的时间就来找宋大饼一次。而且都带着一束不同的花，当然，在这将近一年的时间里面，花偶尔还是会重复的。但每次"花"娇艳欲滴的新鲜度都会让宋大饼觉得黏糕一定是开花店的!

"你快回去吧，都告诉过你多少次了，我有男朋友的!"宋大饼说着这句已经说过几百次的话。

"好，不过我还会再来。"黏糕说着再一次把花递给了前台。

前台的两个小姑娘都很喜欢黏糕，有谁不喜欢天天"给自己送花"的男人呢？更何况这个男人外形并不差劲。大概180厘米的身高，修长而挺拔的身材，皮肤细腻程度比每年消费巨额化妆品保养的女人还要水嫩白皙。尽管这花是给宋大饼的，可每次最终受益者都是她们，所以她们对黏糕频繁的"骚扰"持欢迎态度!

宋大饼没有任何表情，可能是因为习惯了，也可能是因为不在意，径自转过头回办公室了。

黏糕也不生气，而且愈加地觉得自己离不开这张精致的脸庞了。有一天看不到她都会感觉心里缺失了一大块！他坚信他才是大饼最终的王子，至于大饼那个还在读大一的小男朋友，应该是不会长久的，大饼可是比那"小孩"大了9岁呀。想到这儿，他只是把花留下然后径自离开了。

宋大饼回到座位又忙碌了一小会儿，看了看时间，想起今天晚上拳馆还约了学员来学拳，所以收拾一下桌子，打算去换一套适合训练的衣服。

"大饼姐，您如果不要这个帅哥，可不可以介绍给我们呀？"其中一个前台姑娘调侃着大饼，但多少有点半开玩笑半真的意思。

"帅哥这么频繁来，你们自己不知道抓住机会呀，我这么个女汉子，在你们面前哪有什么竞争力呀！"大饼回应着。

"哎呀，大饼姐，我们可没有你那么强悍的武力值吸引帅哥呀！"另一个前台姑娘幽怨地说着。

宋大饼的武力值的确很高，那天她下班骑车回家，路过离家附近的小路，碰巧听到了树丛里面有含糊不清呜呜的女人"救命"声音。她不是第一次见义勇为了，所以想都没想就背着随身携带的棒球棒进到了黑暗中。看到一个年轻的姑娘满脸泪水，嘴里不知道绑着什么东西促使她发不出清晰的声音，还有两个男人正在按着女孩撕扯女孩的衣服。那两个男人感觉到大饼的到来，但是还没反应过来就被大饼直接一棒子打在其中一个人的后脑勺上报废了，另一个人知道发生了什么，待他抬手护脸前冲的工夫，大饼已经一棒子不偏不倚地打在他的膝盖半月板上，然后在他因剧痛叫声倒地的过程中又一脚踢向了男人特有要害。随着两个男人的晕倒，战斗很快结束了。大饼过去检查一下这个女孩，发现并没有受到实质性的伤害，就是脸上不知道挨了多少记耳光所以红肿的厉害。大饼心里不由多了几分对这姑娘的好感，看红肿的程度应该没少挨揍，可还是坚持着用"发不出来的声音"求救。

"有性格，没白救!"大饼心里默念了一句，顺带解开了女孩嘴上绑着的布料。

突然大饼听到后面有人急匆匆靠近的沙沙声，第一反应就是往旁边一个滚翻，然后乘着月色观察到来人的位置和身形，起身就一拳向着来人脆弱的咽喉部位攻击，来人也是有战斗经验的，虽然躲闪不及，还是知道把身体侧过来避开要害，可侧颈还是结结实实挨了一拳，眼冒金星，大饼虽然对这个人的身手感到有些意外，但她还是比较了解自己拳头的威力的，所以趁着来人缓神的时间准备一击结束战斗。

"哥!"与此同时后面的姑娘发出一声哭喊。

大饼马上收住了手，不用想也知道这喊的是谁呀。

第二章　还是老办法

白杨听到声音，早就顾不得侧颈的疼痛了！连刚袭击过他的大饼，他都当作空气一般，径直跑到受害女孩旁边！

"莹莹，你怎么样？"白杨焦急地询问，同时一边解开白莹的绳子，一边把自己上身唯一的T恤脱下来给她套上。

"我没事哥，幸好她救了我！"白莹自小跟着哥哥吃过很多苦，但还是在看见哥哥的时候眼泪如同断了线一样，毕竟刚刚的事情太可怕了，不过她依然第一时间记得感恩大饼。

大饼本来已经转身准备离开了，她在确认了来的男人是女孩的哥哥之后觉得自己在这里有点多余，可白莹并不是这么想的，白杨也是。所以在白杨听到妹妹的提醒之后赶忙回头起身，可想到妹妹，还是继续重新俯下身子抱着妹妹，但是眼里面流露出来的感激比倾盆大雨还让人湿润且无法抗拒。

"谢谢！"白杨发出男人特有的厚重声线。

只可惜这声线对大饼而言跟平时别人跟她说话一样，毫无吸引力，而且大饼也不太擅长言语，就回应着"不客气，赶紧回家吧，记得擦些药"云云的话语径自离开了。

"哥，我没事，咱们赶快追过去，看看怎样感谢一下恩人。"

白莹虽然刚刚受了那样的惊吓，但还是一如既往地表现出超越年龄般的成熟与细腻，她套着白杨的衣服率先起身说着。当然，她看着那两个倒在地下的男人，也想快些离开这里。

"好。"白杨跟妹妹固有的默契让他只是这样简单地回应着，然后背着妹妹走向宋大饼。

宋大饼已经重新骑上了单车，看到白氏兄妹过来，还没等对方开口就说："你们真的不用感谢我，我要走了。另外，如果你们要报警的话我也不想给你们做证人。"

然后又对着白杨说："反正你看来也挺会打架的，就说你自己救的你妹妹就可以了。"说完还没等白氏兄妹反应过来就骑着车一溜烟走了。白杨因为担心白莹，虽然很想报答宋大饼，但还是没有追过去。因为他还要处置那两个人渣。

"哥，你是怎么找到我的?"白莹很好奇。

"现在的科技真的很发达，我就说我们再节俭也要买一部好手机吧。你的手机上有定位功能，我看你出去送花这么久还没回来，就通过APP查找你的位置，然后找到附近看见了咱家的小三轮，而且听着树林里的声音过来的。"

"哥，这两个人是花市里面做生意的，我之前去花市里面送花、取花经常看见他们，他们也总开我的玩笑，没想到今天他们跟踪我到这里。哥，你看怎么办?"

"还是用老办法吧。"白杨说着，背着白莹去到他们家做花生意的小三轮旁边，开动小三轮到刚刚的地方，然后把这两个人抬到了三轮后面的货物斗里面，并且用刚刚绑白莹的绳子给他们捆了个结实，一路开到他们的花田。

花田离刚刚事发的地方不远，在一个比刚刚更加偏僻的地

永不放弃

方，四周都是白杨自己装的摄像头。白莹下了三轮，看着哥哥把这两个人往花田里面拖，想起了这花田第一次埋的那两个人……

第三章　其他的打算

　　那个时候他们还未成年，在一处乡下的地方，他们的家庭重组了。白杨的父亲带着 6 岁的白杨娶了白莹的母亲，那一年，白莹 3 岁。兄妹俩共同的记忆就是这个家庭充满了争吵，而这一切并没有让这对苦命的兄妹灰心，因为他们彼此还保留着单纯与善良，对这个家还依然留存着希望。可突然有一天，这个家庭还是彻底解散了。那一天白杨的父亲还像往常一样喝得醉醺醺地回到家里，又是不知为什么，跟白莹的母亲开始争吵，然后开始大打出手，已经习惯了的白杨带着妹妹躲到了门外，即使这一年他 18 岁，她 15 岁了，他们依然想远离这样的吵闹。接着不知怎么回事，兄妹俩很困就互相依偎着在院子里面睡着了，可更加吵闹的声音让他们醒来的时候，眼前的一团火海促使白杨下意识地背着白莹跑出了院子。周围的邻居都是忙着救火，而白氏兄妹的眼前则是即将化为灰烬的家。白莹大声哭喊着，想要冲入火海里面看自己的爸爸妈妈，白杨只能狠命抱住妹妹，一边用上牙咬着嘴唇，咬破的血比火焰的颜色还要鲜艳，滴在了白莹的脸上，随即与白莹的泪水混在一起，让人触目惊心。后来兄妹俩唯一剩下的，就是白杨父亲的大货车以及两具烧焦的尸体了。白杨在当天深夜，喊起了半梦半醒的白莹，然后开着大货车拉着这两具尸体漫无目的地行驶在路上，幸好白杨16岁就随父亲开始跑大车，所以他们的安全没有问题，当然，此刻他们也不会在意自己的安全，他们甚至不知道他们未来的人生应该怎样度过。在天亮的时候，他们继续行驶着，不知道已经开了多少小时了，空洞的躯体在一片花海的芬芳中重新充满了希望。他们不知道这是哪里，只看见一片又一片美丽的花，白杨把车停下，与白莹一同走进了花的海洋里面，暂时忘记了一切。

"你们是谁，在这里干什么？"

白氏兄妹被一个声音质问着，他们一晃神，才明白这是别人家的花田。他们看见一个50多岁的男人手持着铁锹警惕地盯着他们，也难怪，白莹脸上的血迹还没清洗，显得有些狰狞。白杨刚想开口，白莹轻轻靠了一下他示意他不要说话。因为白莹明白，这个时候她是一个弱者，由她来表达是最好不过的了。

"爷爷，您好，这是我哥哥，我们家失火了，烧得什么都没有了，他开车带着我到处走，最后走到您这里了，真的对不起。"白莹优质的表达能力加上温婉的声音，很容易让人放下防备。

范立也不例外，他一个孤寡中年男人，前不久还被诊断出了癌症，本想继续守着这一片花田慢慢死去，却碰到了这兄妹俩。

"看来真的是缘分呀！"范立默默在心里念了一句。

接下来的故事不难猜到，兄妹俩留在了这里，一直照顾范立到去世，并且继承了范立花田。他们将父母埋在了花田下面，滋润了一批又一批的花朵。

可实际上并不是这样的，白杨很能干，范立慢慢地把花田的事情都交给了白杨。而白氏兄妹都会把所有赚到的钱尽数交给范立，这点让范立更加满意。也许是心情太好了，也许是太和睦了，范立本来在医院得到还剩下 1 年寿命的通知，结果已经 3 年过去了，不仅没有什么事情，而且觉得身体越来越健康了。于是他看着 18 岁的白莹，那充满了活力与诱惑的身体，也有了其他的打算。

第四章　范立下厨

　　范立知道白杨在这个世界上最在乎的就是白莹，所以他不敢跟白氏兄妹提出他的想法。他凭着自己对白氏兄妹的了解，觉得"生米煮成熟饭"应该是最直接有效的。范立找了一天将白杨派到了外地去谈一家花店供花的生意，然后吩咐白莹今天不要做晚饭了，他要亲自下厨。白莹还从没吃过范立做的饭，所以很高兴地答应了。

　　自从范立收留白氏兄妹之后，因为白杨的吃苦耐劳，所以家境慢慢就变好了，白杨也把生意越做越好，之前偶尔去医院的费用还不够，现在反而还有结余。范立跟白氏兄妹相处久了，对他们也管得不严，白莹在附近的一家高中上学需要钱就用，在家都是白莹做饭，每天早上起很早做早饭，中午学校午休也回来做饭，晚上放学回家也一样，而且都会把每天早上范立给的菜钱剩下一些给范立，范立每次都让白莹留着，可白莹从来不要。

　　这天范立突然提出做饭，白莹倒不是想着可以偷懒，而是自她出生以来，除了哥哥就是范立对她最好了，所以吃范立亲自下厨的饭菜对她而言也是另一种意义。放学回家的路上，范立也吩咐她不用去买菜了，所以下课铃声一响，她以最快的速度跑向车棚，开着那种有外壳的三轮电动车飞向她的"家"。

她仿佛觉得这一路上都能闻到饭菜的香味，她越发觉得她和哥哥碰到了范立是如此幸运。哥哥为了她每天上下学的安全给她买了这辆车，虽然价格很贵，范立也二话没说全都答应。她不止一次说她不想上学，就跟着哥哥一起忙碌，家里的事儿她也每天都能做好，可哥哥从来不让她学关于种花、护理花的事情，哥哥总说让她好好学习，以后才有出息，每当这个时候，范立都会在旁边哈哈大笑慈祥地看着他们兄妹俩……

路上的鸟似乎也在跟她一起歌唱，这平时她无所谓的路怎么这么长。她一进院子就跑进屋里："哇！这一桌子的菜！"

范立已经把整个饭桌布置的满满的，看见进来的白莹，依然那样慈祥地微笑着："傻丫头，怎么这么喘，是不是跑了？我在家没事也不着急，快去洗手准备吃饭吧。"

白莹不知怎么的，眼泪一下子就止不住了，从她记事开始就是学着做饭，这桌丰盛的饭菜好像是她第一次觉得吃饭还有着其他的一层意思。范立看着白莹，心里也开始觉得五味杂陈：

他突然觉得这样是不是在作孽？

他对白莹的感情一直都是如同女儿一样，怎么自己会想那样的事情？

他怎么可以这样伤害白氏兄妹？

然后在他看着白莹背着身洗手，那穿着校服仍能看出的曼妙曲线，那青春纯洁的味道，让他所有的念头都集中在最初的计划上了。

"来，多吃菜。"范立一边说着，一边给白莹夹菜。

白莹低着头，只顾着吃了，她平时都只吃一小碗饭，今天她已经盛了第二碗了，但是她依然觉得吃不够。她觉得这就是幸福的感觉。

那种感觉直冲头顶，有些晕眩。然后，她真的觉得好晕，眼前开始变得模糊，她不再只低着头享受这顿"意义非常的饭菜"了，只不过她抬起头的时候，看见的也不是记忆中范立慈祥的笑容了，而是一张充满了期待与急切的脸庞，上面写满 18 岁的白莹能够读懂的所有内容，可她真的支撑不住了，只觉得身体再没有一丝力量，软软跌落在地上，摔得粉碎……

第五章　触目惊心

　　白莹的意志力超乎想象的坚强，她依然还保留着丝丝的意识。可发不出声音、做不了动作，只能任由范立走了过来，没有多远的距离，但是每一步都将白莹的心脏践踏了一次，她觉得心好疼，像有一双手正在拼命撕扯，她多想心干脆就被撕成两半有多好，死了一了百了。可偏偏从小经历的一切让她的心如此坚固——撕不开、扯不破，只能任由其疼到连眼泪都流不出来。

　　范立已经将白莹放在了床上，开始脱白莹的衣服。他的手不住地颤抖，以至于白莹校服的拉锁卡住了好几次才拉开，范立的眼睛直了，白莹已经发育很好的胸部就这样在他面前，仅仅只隔了一件衬衫。他的手抖得更厉害了，以至好长时间连一个纽扣都没解得开，这么多年单身的生活似一把火焰加上此刻的情景，彻底燃烧了他，他两只手分别抓住白莹衬衫的两个领子，一用力，纽扣散落了一地，看着白莹内衣包裹着的丰满的胸部，白皙、干净，发出微微的圣洁光芒，他把头埋到了里面，鼻子用尽全力地呼吸，这样好闻的气味促使他此刻已经只剩下一个念头了！

"爸爸，我是你的孩子呀！"白莹被范立的一系列动作唤醒了一丝力气，她说出了这句话，然后眼泪似断了线般沿着眼角流下，晶莹剔透。

范立一时间僵住了，他的心情再一次复杂起来。是呀，一直以来他都把白莹当作亲生女儿，他从第一次见到白莹时，白莹流过眼泪之外，后来再也没有见到白莹哭过。但他明白，白莹的坚强与独立，在这三年的时间里，他更加读懂了白莹的善良与纯洁，他本以为，在他去世的那天，他的葬礼上，白莹才会又一次流下眼泪。他也坚信这一点，因为情感是相互的，他能感受到白莹也一天天地将他视作和白杨一样的"家人"。只可惜，这眼泪提前来了，仿佛吹响了他生命结束的哀歌。

他停了下来，将衬衫重新合上，然后走到了客厅，看着刚刚的饭桌，想起白莹在就餐时满足而幸福的表情。才发现，自己的脸上满是泪水。

他找到了那壶珍藏已久的老酒，自从癌症被确诊以后，他再没有碰过酒。可今天，此时此刻，他只想把自己灌醉，醉到不省人事才好，才可以不去继续他那邪恶的计划。

他没有用杯子，直接用壶口对着嘴巴，一口一口。多少年未沾酒的喉咙在辛辣的刺激下禁不住想要咳嗽，可他压住了，只管把这透明的液体向胃里灌去。在最后一滴酒落入嘴里之后，只感觉嘴里满是苦涩，终于，他止不住还是咳嗽了，很剧烈，像是要把肺咳出来一样，但他却没有醉倒，因为地上都是血，是他咳出来的血！

他一瞬间吓得清醒了，他害怕了，然后又不怂了，他重新回到了卧室，看着躺着那里一动不动的白莹，再一次按捺不住那团火焰。他直接扑了过去，一边咳嗽一边亲吻白莹的脸颊、脖颈、胸部，血散落在白莹的身体上，触目惊心，却进一步唤醒了范立的欲望，即使此刻白莹恢复了些许力气，哭喊着：

"爸爸，不要，求你，不要!"一遍又一遍，依然无法阻止范立的所有动作……

第六章　哥，我想洗澡

"啊……"

随着范立一声长长的呻吟，他一大口鲜血喷到了白莹的身上，带着无限的遗憾趴在了白莹身上，混合着白莹的泪水与未褪下的衣物，终究没有能够继续什么。白莹感觉到范立的呼吸已经停止了，舒了一口气，可随之而来的是一种说不出道不明的感觉：

是屈辱，是不舍？

是痛苦，是侥幸？

没有人知道，她脑中一片空白，也不知道过了多久。她眼前出现了哥哥惊慌的脸，她感觉到身上的重量消失了，感觉到哥哥在她耳边不停地呼唤：

"莹莹，你怎么了，这是怎么回事？"尽管白杨不停地问着，但是白莹只感觉耳朵慢慢地什么也听不见，眼前慢慢地黑了。

白莹几天几夜终于等到哥哥回来，她又一次醒来的时候脸上的血迹已经清理干净了，她看见白杨满眼血丝地坐在床边端着粥，她不知道白杨这个动作已经持续多久了，也不知道这碗粥是白杨热的第几碗了。总之，她感觉到她还有白杨，她要坚强。

她自己接过了粥喝下，这期间两个人一言未发，喝完了粥，她朝着白杨笑了笑，很温暖。她说：

"哥哥，我想洗澡。"

在浴室里，白莹看着哥哥不方便清理的已然干涸的血迹随着热水流下来，她没有再流泪，因为她知道，她太虚弱了，如果再流泪可能随时都会晕倒，她需要清醒面对哥哥，需要跟哥哥一起处理接下来的事情。

她从浴室走出来的时候，看见哥哥像刚才一样，端着一碗粥，在那等着她。她没说什么，把粥喝完了，跟着哥哥走到了花田里面，看见哥哥揭开一块大布，布下面是哥哥不知什么时候挖的一个大坑，坑里面躺着范立。她跳进坑里，又抱了抱范立，还是没有忍住眼泪，她感觉到了范立的身体是软的，又有了一些微弱的呼吸，但是她没有说什么，只是把手伸向哥哥。

白杨将妹妹从坑里拉出来，然后看着妹妹没有说话，只是朝着自己点了点头。他就把旁边其中一只铁锹递给了妹妹，但是又收了回来，开始自己一个人一锹一锹地埋藏这段不知算是美好还是痛苦的回忆。白莹就这样一直在旁边看着，等到把坑都填平了，兄妹同时坐到了地下，身上再没有一丝力气，靠在了一起，就这样一直坐着……

"哥，我想洗澡。"不知过了多久，白莹打破了沉默。

"好。"

"哥，今年高考，我不想上大学了，我想跟着你一起做事情。"

"不行，你一直成绩很不错，如果你考不上大学，我就不认你这个妹妹了。"

"……"

第二年的夏天，白莹考的分数很高，高到可以选择国内的任意一所大学，白杨笑得很开心。不出意外，她选择了继续在这个城市上大学。

接着，在她大三的时候，暑假期间，想帮哥哥干点活，结果遇到了"宋大饼"。可能不是她遇到了大饼，而是白杨遇到了大饼，因为白杨那颗本来已经打算尘封的心，因为大饼又打开了。

第七章 他们都很累了

　　白杨本来觉得这辈子都会孤独地活着了，因为他的罪恶感从那一天开始，就没有停止过，他只想单纯地守护着妹妹有一天嫁人，他在那神圣的地方听着妹妹与她的白马王子的誓言，亲手将妹妹托付给那个值得托付的人，然后去自首。

　　直到这一天，他又用"老办法"将这两个人渣埋到花田里面的时候也依然这么想的。他还是小心翼翼地先去找到药水，为白莹擦拭。然后让白莹在屋里面待着，自己走向花田开始挖坑，不知道什么时候白莹也拿着铁锹和他一起在挖，他想了想，并没有阻止，但是等到挖好之后，他再一次要求白莹回到屋子里面去，白莹拒绝了。

　　"好，我也不多说什么，之后的事情你可以站在这里，但你不可以再动铁锹，知道吗？"白杨了解自己的妹妹。

　　白莹没有说话，只是点了点头。

　　然后看着两个已经醒了的人被哥哥"扔"进了坑里，两个人的嘴被堵着，可还是能够听到他们因为大饼的攻击所产生疼痛的哼哼声，不过他们停住了，他们从未想过自己今天的行为会招致这样的结果，因为他们之前也做过类似的事情，但都不

永不放弃

了了之了。但是他们不知道的是，他们做的事情会让多少女孩选择死亡，或者选择心死，成为一具具行尸走肉。他们瞪大了眼睛，里面有无助、有恐惧、有哀求，他们蠕动着、挣扎着，眼看着泥土在身上肆意地蔓延着，泥土之上的那个人平静得让人窒息，却又让人赞叹，他是那样的英俊、温文儒雅，面无表情地继续着。但此刻，在这两个人眼中，他与魔鬼毫无两样。他们的心里充满了悔恨，他们想起了父母从小到大每一次暴打他们时教育他们要做好人的点点滴滴，他们看见之前那些被他们伤害过的女孩一张张狰狞的脸，呼唤着他们走向地狱。他们的裤裆已经湿透了，还发出了阵阵恶臭，但这只能帮助加速白杨的动作而已。

在天亮之前，白杨处理完了这件事情。他看看站在一旁从未离开的白莹，莫名有些心疼。这些年来，白杨的生活中只剩下妹妹、工作与挂在花田中央大树上的拳袋，只有这三件事情能够让他觉得自己继续活下去是有意义的，在妹妹上学同时没有工作的时候，他就拼命地打拳，不分寒暑，有的时候手在拳套流血了他都感觉不到，这样的疯狂让他可以忘记所有的事情，同时也让他有了更好保护白莹的能力。可白莹不知道这些，她也不需要知道，她知道至少白杨是她绝对可以依靠的人，就足够了。

他们这次没有一起再背靠背坐下，也没有发呆，他们只是像什么事情都没有发生过一样，各自洗澡回房间休息了，毕竟折腾了一个晚上，他们都很累了。

白莹暑假结束了，准备要考研，所以大四也有很多事情。在白莹回到学校后，白杨又重新开始忙碌了起来，他见到了宋大饼，可他从来没想过再见到宋大饼，竟然是在擂台上。

第八章　面对面

有一家拳馆新开业需要送花，约了白杨的生意。他到了拳馆送完花，帮忙布置了一下，但是在布置"首席拳师办公室"的时候，他被挂在上面的拳袋吸引了，拳袋上连接的铁链一眼就能看出磨损得非常严重，而且明显看得出拳袋已经换过很多次了，他下意识地拿起了拳套，看见了里面的血迹，他呆住了，一瞬间他以为这是在他的花田，在他练拳的地方呢。

"喂，谁是白杨，可以结账了！"外面的工作人员喊着白杨的名字，将白杨从呆立中叫醒。

"哦哦，好的。"白杨匆忙放回了拳套，去结账了。

毕竟这笔订单很大，看来拳馆老板家产颇丰，而事实白杨看到的宣传帖子也验证了这一点。本来准备就此离开，但是看到了拳馆的彩页上面写着开业日期之外竟然还有巨额的奖金：10万元！原来只是在开业当天打败拳馆的首席拳师——宋诗音，就可以拿到这笔奖金了。虽然白杨听说了这家拳馆的老板是一个刚上大学的小孩，估计也就是一个"富二代"的游戏。但白杨对自己的身手很自信，而且因为他以后毕竟要离开白莹，所以他想尽一切办法为白莹多积累一些财富。还有一个原因，是他对这位首席拳师也感到非常好奇，他已经很久没有过好奇的感觉了，这让他觉得自己渐渐像是一个"人类"了。他看清了拳馆的开业日期，默默记下了。

开业当天真的很热闹，拳馆周围布置得很奢华，门口还搭了专业的擂台，据说还邀请了专业的裁判。但这些都没有能够吸引白杨的注意力，他知道自己要的是什么，可看到擂台上那位"守擂主"的时候，还是一下惊呆了！

可能不仅仅是白杨，包括其他人也一样。留着寸头的宋大饼自信地站在拳台上等着挑战，精致的面容、160多厘米的身高与寸头以及身上的拳击装备产生了强烈的对比。

"看来这家拳馆开不了多久了？"

"怎么就这么一个小姑娘呀！"

"管他呢，看来奖金很容易就拿到手了。"

拳馆门口的人纷纷议论着，本来还觉得5000元的报名费太贵，可一看这么个小姑娘，都开始跃跃欲试起来。比赛的时候拳台被封闭起来，只有购买门票的人才可以进去看，第一，拳馆是为了获利；第二，也不能把拳师暴露得太多。可随着一个又一个参赛的"精装"大汉垂头丧气地从里面走出来，慢慢地，报名的人也少了一些。但报名处还是相当拥挤，毕竟多数人还是觉得自己可以战胜一个小丫头的。

白杨也是排了好多天才最终有机会去挑战大饼的。因为大饼毕竟是个血肉之躯，她每天应对的挑战者，有的时候因为实力都太差就多打几场，有的时候碰到了厉害一些的也需要调整休息。毕竟很多内行都知道"拳台上的五分钟等于拳台下的五小时"。

白杨提前一天得到了通知，在约定的时间到了拳馆。两个人面对面，大饼认出了白杨，知道这不是一个好对付的角色。可白杨并没有认出大饼，因为那天大饼去帮助白莹的时候戴着口罩和帽子。

第九章　白杨重新成为"人类"

其实大饼见到白杨的时候虽然错愕了一下但并不意外，因为那天"小孩"跟她说要选一些花作为拳馆开业的时候使用，而且那个花田口碑很好，愿意的话大饼可以同行。大饼毕竟是个女人，还是喜欢花的，所以就跟"小孩"一起去了。可到了花田之后，吸引她眼球的并不是处处美丽的鲜花，而是花田中央树上挂着的拳袋，她也拿起了放在拳袋旁边的拳套，她也有了相同的感觉。她远远地看见花田的另一边白杨正在接待什么人，她认出了他，不过她不好奇，因为她需要尽量一个人生活才最安全。所以她让"小孩"带她尽快离开，可她忽略了，白杨也有参赛的可能性！

她看着面前这个人，也想到她还是马虎大意了，当初她就应该建议小孩换一个人合作的。

白杨这时和大饼在一个拳台上，已经距离很近了。这样的距离下，他认出了大饼就是那个救白莹的人。虽然当时大饼蒙面戴着口罩和帽子，但是身形相仿，又都是女人，而且战斗力惊人，最重要的是近距离感受到的气场也和那天一模一样，很难不让人联想到这肯定就是同一个人。

不过两个人统一的想法是：只要站在擂台上，首先想的就是如何击败眼前的对手！

　　白杨对自己很有自信，倒不是真的觉得自己能够打败大饼，毕竟那天简单过招他就判断自己应该不是大饼对手。但擂台与真实格斗完全不是一码子事情：真实格斗讲究最快的时间让对方丧失攻击能力，任何手段都可以用，任何部位都可以击打；而擂台上是在规则的前提下进行搏斗，这样的规则很有利于白杨，毕竟白杨是个男人，身高、体重、绝对力量等一系列的优势，再加上本身多年超越极限的训练，让这场战斗在白杨看来已经是囊中取物了。他已经很久没有过这种棋逢对手但却很自信的感觉了，"自信"？同样是他没有出现过的感觉，他觉得自己越来越像一个"人类"了。

　　然而在接下来的过程中，白杨开始明白他所有的想法都不成立，因为他忽略了两点：大饼作为女人特有的优势——第一，第六感；第二，大饼身高矮、体形小但是换来了敏捷。他不明白大饼是怎样对他出拳的方向、速度，哪怕是虚招都判断得如此准确（男人可能都没有办法完全懂得"女人第六感"这种无解的神秘），而且大饼超乎他想象的敏捷促使他根本挨不到大饼的边儿。虽然大饼击打他的时候并不是特别用力，总是轻轻打到了马上抽身，但这样反而更让他无法抓住大饼的破绽。他开始有些着急，他惊异于除了妹妹之外他已经很久没有体验过"着急"的感受了，可他越是这样，越是连大饼的边都碰不到，反而又被击打到了很多有效部位。他感觉到了"沮丧""屈辱""无奈"等一系列他从那次之后已经丧失的感觉，然后他突然大笑着放下了双手，因为最后一种重新回来的感觉是：他只要能跟大饼这么近距离地"相处"，他就感觉到开心！

第十章　白杨傻了？

　　白杨这种状态对他而言既是幸运又是不幸的，他幸福的感觉跟她妹妹如此相似——感觉到眩晕得厉害。因为拳台上这种行为无异于找死，大饼多年特种兵的经历促使她在搏斗的过程中不会留手，等到反应过来的时候她的重拳已经打在了白杨的头部。看着垂直倒下可依然龇牙咧嘴笑着的白杨，大饼一瞬间觉得事情儿搞大了。

　　"会不会是打傻了，赶紧送医院吧？"大饼脱口而出，由于带着牙套含糊不清，可白杨还是听到了，也听清楚了。他感觉到自己好幸福，被人关心着，于是他笑得更厉害了，竟然就这样傻笑着被抬上了救护车。

　　白杨的事情让后续打算报名的瞬间少了八成，之前报过名的好多人也希望可以退款，哪怕只是半价退款，当天的比赛也暂时都停掉了。馆主"小孩"当时正在台下观看比赛，他这些天一直都在，因为他父亲答应过他，要他找个女朋友就允许他可以不用常去学校了，而且还给他一笔资金让他做自己的事业。

　　说实话，这些天的比赛都让"小孩"有些昏昏欲睡了，因为选手基本都是一边倒的"被大饼虐"，刚刚这一拳才让他重新又激动了起来，同时他也想起了那天大饼救他的时候，几乎用了一样的方式打倒对方……

"小孩"不喜欢大饼叫他小孩，他虽然只有 17 岁，可经历得并不少。而且他还因为高智商所以提前修完了小学、初中、高中的所有课程，今年已经是本市最好大学的一员了。尽管自己是个富二代，从有记忆以来，母亲就开始对自己做出了很多影响至深的训练：

那一年他还在上小学，母亲突然给他一个钳子。然后告诉他，如果他能用这个钳子赚到 50 元钱，母亲就在 50 元的基础上再补齐他一直想要的变形金刚的费用。他有些不知道怎么办才好了。他吃饭的时候在想办法，睡觉的时候在想办法，就连上厕所都在想办法。突然他想起来有一次他跟妈妈去逛街，妈妈的高跟鞋跟由于太细卡在了井盖上面，非常尴尬。于是，他找到一个看起来孔很狭窄的井盖，每天上学起很早，放学马上就去那边静静地等着。终于，在一个清晨，有一位女士迈着急匆匆的步伐，看起来应该着急上班，然后突然鞋跟卡在了那里，然后一脸的焦急与无奈刚刚从脸上冒出来的时候，"小孩"就快步跑了过去。

"阿姨，您看这个钳子可以帮您吗？"小孩眼睛里面慢慢的纯真。

"太好了，小朋友！"女士赶紧用钳子夹住鞋跟的最下端，一点点将其拔了出来。

然后女士刚要转身走，小孩就小碎步跑着跟这位女士一五一十讲了他和妈妈的约定。结局和小孩想的并不一样，因为这位女士并没有给他 50 元钱，而是给了他一个意外。

第十一章　莫名的情愫

意外的惊喜，这位女士给了"小孩" 100 元！

"喏，这是 100 元，50 元是你劳动应得的。还有另外的 50 元是奖励你的真实！"

"小孩"握着这张红红的钞票，红红的颜色就像他此刻的心情一样——充满了希望。他拿给了他的母亲，他的母亲兑现了诺言的同时又把这 100 元还给了他，而在这个基础又加了 100 元。

"赵凡，这 100 元是你辛苦赚来的，而且你很诚实，直接交给妈妈 100 元，而不是妈妈要求的 50 元，所以这钱你可以留着，同时妈妈因为你的诚实再奖励你 100 元。但是妈妈希望你可以用 200 元再想想办法变成 400 元！"妈妈那样的温柔、耐心，充满了爱。

这爱的力量让"小孩"没有一丝的犹豫，让他相信自己一定可以达成妈妈的愿望。于是，他用 200 元买了一把二手吉他，每天除了上学就是练习，然后在 12 个月之后学着其他流浪歌手那样，在一处人流拥挤的地铁口放声歌唱。而这一次，他收工回家时，交给妈妈的钱是 2000 多元！

毕竟，一个小孩。这样的坚持与才气，价值不仅仅值 2000 元，甚至不能够用钱来衡量。他选择了用不懈的学习与努力，加上勇气，换来了超越他与他母亲的想象。

妈妈依然延续了之前的方式，将 2000 多元直接翻了倍数，又去零求整，给了他 5000 元。同样的套路，但不同的要求，因为这一次，妈妈希望他可以翻 10 倍，也就是 50000 元！而赵凡暗自里，给自己有了更高的要求，就是一分不动这 5000 元，然后赚到 50000 元！他找到了一个好方法，就是替同学写作业，可是小学生并没有多少钱。他没办法，就说他想好好学习，让父亲给他请私人家教。父亲当然很开心，因为自己常年在外面做生意没有时间陪孩子，所以交流很少，而孩子主动找他帮忙，而且是好的方面，他非常乐意。他为赵凡请了最高级的家教，对赵凡的学习提供了更加高效的帮助。

赵凡开始为更高年级的孩子写作业，虽然很辛苦，但是对他超负荷知识接收量的巩固打下了坚实的基础。他的钱赚得也越来越快，可他成长的速度依然没有追得上妈妈离开的脚步。

当妈妈满脸泪水地抱着他痛哭，当爸爸带着一个更加年轻貌美的女人回到家里的时候。他的天空一下变了。

他跟了爸爸，还经常被逼着喊那个从来就不认识的女人妈妈！爸爸还是那么忙，经常出去做生意，而那个女人对他虽然不好，但也不坏——压根把他当作空气一样。他把所有的希望都寄托在妈妈来偷偷地看他，他把所有的精力都用在继续学习各种技能和继续帮各类同学写作业上了，不是为了钱，只是让自己不要闲下来。可后来妈妈来看他的次数越来越少，他明白妈妈也需要新的家庭，他对他的父母没有任何的埋怨，可在妈妈搬到另一个城市，一年到头也不来看他一次的时候。他爆发了，叛逆、愤恨，加上由于对父爱的缺失以及对后妈的厌恶，他发现自己开始对年长的男人有一些莫名其妙的情愫。

第十二章　赵凡的自由

　　他因为这点选择不上初中，甚至还不想上高中，要是连大学都可以不上就太好了，那样就可以早点接触"叔叔们"！可他明白，未满 16 周岁的他入了社会也做不了什么。而在学校里面，他出众的学习能力还是可以帮助他有着很高的学生地位，几乎所有的学生都会尊敬他，就连那些坏学生也都想方设法跟他搞好关系。从小到大，他在母亲的影响下一直很节省地生活，所以今天所有同学对他的尊重是他自己一手经营起来的。基于很多因素，他决定还是继续上学，只不过直接上大学就可以了，小学毕业后直接上大学的话，他肯定会因为他"神童"一般的表现继续得到赞美，同时读完 4 年大学他也超过 16 岁了，他要自己单飞，然后"自由"！

　　让赵凡感觉意外的是，父亲听了他的想法后直接表示同意了。不过早熟的他觉得，可能父亲是对自己陪伴太少而愧疚；又或者是因为家庭的破裂是由他造成的而愧疚？

　　总之，他的父亲真的开始托关系为他铺路。只不过努力了一番之后，最好的结果也是他最多可以不上初中，但一定要上高中，才能参加统一的高考进入大学。而且就算这样也还有一个前提，就是他还要参加特别为他安排的考试，成绩通过了才可以破格录取进入高中。赵凡虽然很失望，但他思考了一番觉得其实也没什么：

第一，上了大学也可以在社会上找兼职，提前接触他想接触的人；

第二，这所高中也可以住校，让他远离这个他已然无感的"家庭"。

于是，他的成绩让所有的老师惊讶，让他们简直不敢相信这是一个小学刚毕业的孩子做出的答卷，虽然学校给他设定的分数线不高，但是也还是有些挑战的。不过，就算用正常的分数线去要求他，也被他远远地甩在身后了。

当 13 岁的赵凡自己一个人拖着行李箱来到"英雄一中"的大门口时，他知道，他的人生已经开始由自己做主了。

他并没有选择住校，因为那只是他用来哄骗父亲的一个幌子而已。当他并不会问父亲要过多的零用钱、生活费的时候，这个幌子在他父亲那里就彻彻底底成为一种真实。而且赵涛的工作太过繁忙，他实在没有过多的时间去管赵凡，"英雄一中"是本地最好的高中了，他也比较放心赵凡在那里。

赵凡不放心地又回头看看，尽管他要求隔着三个路口停下，并且要求自己去学校报到，可还是担心赵涛的宾利会突然出现在某个角落看着他。他确认现在他是一个人之后，也就放心地拿出早已经抄好的地址，循着路线找过去。

他用自己小学赚的钱在学校对面的家属院里租了一套一居室，住在这个地址。既能保证他的安全，又能保证"封闭式高中"在班级的出勤率。他知道一个人毕竟势单力薄，可是住在宿舍又会让别人对自己失去了神秘感。神秘感这种东西，一旦失去了，就不会让对方有敬畏自己的感觉。安顿好之后，他第一时间赶到宿舍，623 室，作为最后一个到宿舍的人，其他的舍友早就到了。

第十三章 你就是那个神童？

"你就是那个神童？"一个很强壮，个子在高中生里算高的寸头男孩微笑着问道，算是打招呼了。

"嗯，我叫赵凡。"小孩第一时间回复，他明白礼貌待人虽然有时候换不来对等的礼遇，但是最终得到的会比失去的多很多。

"宿舍四个人，肯定你最小啦，以后我们就叫你'小孩'吧？"另外一个笑起来很阳光的男孩说着。

"没问题。"赵凡虽然不是非常喜欢这个称呼，但也觉得无所谓。他坚信，内心的强大才是最根本的东西。

宿舍里面还有一位带着高度近视眼镜的男孩，瘦瘦的，面容很白皙，赵凡进屋第一个注意的就是他，因为只有他下铺的桌子上摆着很多的书。

宿舍都是那种上铺是床，下铺是书桌和柜子的摆设。三个男孩都刚进宿舍不久，但只有眼镜男孩没有行李箱，而且与其他两位男孩不同的是，眼镜男孩的书桌上竟然有一个"小霸王"游戏机。

高个子的男孩叫刘海，是体育特长生，据说篮球打得非常好，但是家境并不是那么好，可是看起来用的东西都非常不错，应该是个大手大脚的主儿。

阳光的男孩叫郝咏，聊起来很随和，也很开朗。

眼镜男孩叫林喆，家住在乡下，应该属于那种父母靠一锄一镐来刨出自己与孩子希望的家庭，林喆学习成绩非常好，熟络了之后也是个很开朗的人。

小孩在第一次见面就给了这些人一个大大的惊喜。当他打开行李箱的时候，并不是其他人想的那样，里面都是熟食和酒水饮料！小孩明白：一个宿舍的兄弟想熟络的最直接方式，就是一起热闹一下。酒只有刘海喝了，郝咏和林喆尝试喝了几口酒之后觉得实在不习惯就喝饮料吃熟食，他们很快熟悉了起来。小孩对他们说自己在学校里面有个亲戚，所以可以住在亲戚家，就不住在宿舍了，这些高中生也没有想其他的。但是小孩会定期回头请他们"撮一顿"，这样每次"查寝"的时候，这帮宿友想方设法地帮他隐瞒，而且都成为他的"工人"。因为小孩开始做起了宿舍楼的生意，封闭式的学校里面，少年们都爱吃爱喝，可缺的东西太多了，也不会想到有什么方法。可小孩却私下打通了几位门卫，做了送餐送食品送烟送酒的生意，每送一次都会给门卫一些适当的感谢。跟门卫达成的共识就是：只可以送东西，但是如果有学生想离开学校，肯定不行。

每次都是他宿舍的这些兄弟帮忙运送。刘海是不屑于做这个事情的，不过小孩依然每次请宿舍兄弟吃饭的时候都带上他，小孩明白，有些事情还是要做的，不然容易埋下隐患；郝咏会做但是不怎么要小孩的好处，就当纯属帮忙了，而且他也真心喜欢这个没事总给他们送福利的小兄弟；林喆帮忙最勤奋，但是也不要钱，所以小孩干脆就送林喆电脑和手机，林喆本来不

永不放弃

收，可小孩说这是为了联系方便，林喆也就收下了。而且小孩会把以前自己用过的学习笔记和工具书都送给林喆，加上林喆本来就爱学习，所以林喆的成绩一直名列前茅，小孩基本上除了生意就是学习，所以成绩一直也跟林喆不相上下。

其实，小孩还有一件事情要忙，而且乐此不疲——就是经常去学校的公共浴室洗澡。

第十四章　16周岁

　　放着租住房子的洗手间不用。他更喜欢主动问对方是否需要帮忙"搓背"，因为学校里面的浴室一般都是两个去洗澡的人互相搓搓，所以有人帮忙搓的话一般都不会拒绝。他明白自己是"同性恋"，但是如同异性恋在年纪很小的时候也只存在于幻想和好奇当中一样，小孩也只是去看看，和感受感受，最多互相搓搓背而已，就已经很满足了。

　　所有的爱情在小孩那个年龄都是很神秘而且有些恐惧的，小孩也不例外，他和我们成长的过程一样，没有想过在中学（尤其他还是跳级）的时候就谈一场恋爱。而且他也明白，他的恋爱对象比较小众，也不是那么容易就找得到的。

　　可刘海却不一样，高大帅气的篮球少年！

　　关于"打篮球就可以吸引很多异性喜欢"这个从小充盈很多读者最好时光，同时也是最大、最可恶的谎言"毒害"了我们。可能是有心人有意而为之（故意引导青少年去爱上体育锻炼，从而降低早恋发生率），也可能是某热血篮球动漫的效应（可该动漫貌似所有的篮球少年都没有女朋友，看来人家还真没骗谁），总之无数的人涌向了篮球场：将自己的荷尔蒙全部挥洒在这里，然后当发觉这个圆圆的东西并不能换来女神青睐的时候，却已经离不开这个"球"了。只能看着那些"球"，手里打着这个球，所以"打球，打球"，"拼命打球"的，是不是这么来的，包含了一丝报复性的色彩？

总之，故事中的刘海，他真正吸引女孩的绝对不是所谓的篮球少年，而是他的高大帅气！

刘海对待女孩也很大方，所以他也是赵凡的重点客户，但赵凡给他的，基本都是成本价，有时候甚至还白送。这让刘海很感激，于是想方设法地为赵凡介绍女朋友。赵凡也只能用一句"千百年来"无解的一句谎言搪塞："海哥谢谢你，可是我要学习呀！"

久而久之，刘海也就觉得理所应当了。当然，小孩赵凡绝不是真正的小孩，更不会做什么赔本的买卖。他这样对刘海的确是为了避免一些隐患，毕竟是一个宿舍的，有很多事情还要靠他帮忙。另外，我们都知道，关于小商品，消费能力最强的就是女人了。学校里面也不例外，所以通过刘海，赵凡增添了很多消费能力更强的"高端客户"，而且那个时候流行穿爆款篮球鞋，刘海身边的那些男孩都是篮球少年，也同样需要。赵凡干脆做起了无本生意，他知道赵涛不会给他更多的零用钱，主要也是他从小也没有问父亲要得太多，所以突然要的话会引起怀疑，可他表示他喜欢收集篮球鞋，而赵涛年轻的时候也是喜爱篮球的，于是只要是赵凡提出来的鞋款，赵涛多数都会满足，有的甚至是市场上暂时稀缺的限量版，这样一来，赵凡的球鞋品质有保障，所以炒作的价格也越来越高，赵凡的小金库越来越丰厚，也离他16周岁之后就完全独立的梦想越来越近了。

就这样，他与刘海、郝咏、林喆迎来了高考。可他同时迎来的，还有一场抢劫，一场差点要了他命的抢劫。

第十五章　刘海的苦恼

　　经历过高考的人都知道，准备高考前的几个月，老师基本就不太管了，大家都比较自由。有目标的继续为理想的大学而奋斗，没目标的，则是该干吗就干吗了。

　　郝咏跟林喆都在积极地准备高考；而赵凡则是终于等到16周岁了，第一件事就是去驾校报名学车；至于刘海，终于盼到无人管的时间了，专心和新女朋友天天腻在一起。

　　这样一来，刘海的经济问题愈加明显，加上他本身又大手大脚的，经常问赵凡借钱借物的，但都小来小去的，赵凡也不是很介意。可当刘海发现自己的女朋友怀孕后，一切都变了。

　　"赵凡，这次借的可能比较多。"刘海在电话的那边有些底气不足地说着。

　　"多少?"赵凡没有时间和他多啰唆。

　　"赵凡，我女朋友怀孕了，前前后后都需要钱，而且她问我要一部新款的手机，算是对她身体受到伤害的补偿。"

　　赵凡听到这里，第一时间感觉有点气愤，但同时又很无语，也加深了他对于异性恋的抵触。同时他想到中国有句俗话：救急不救穷!

正好又赶上赵凡上午刚刚被驾校教练骂得气不顺，正在琢磨这些教练是来教学的还是来发泄情绪的，怎么就没赶上一个正常的呢。被嚷得手忙脚乱，就算本来会的也都糊涂了。这时候又听到了这种中学生早孕事件，心里更不舒服了。最主要赵凡本身也不喜欢刘海这个人，之前是看在一个宿舍的面子上，现在马上就毕业了，以后赵凡也不想和这样的人再有什么瓜葛。

"那个，海哥……"赵凡依然还是用尊重的语气。"我最近学车呢，钱都报驾校了，要不给你500元钱？回头也不用还了。"客气但也摆明了态度。

"哦，那算了，我再想办法。"刘海一直都很心高气傲的，而且他也不知道赵凡的家世，只是一直把赵凡当作一个小孩看待，充其量当作一个挺有想法的小孩。对于赵凡的"生意"，也没有多关心，更是从来没有直接帮过什么忙了。但是他也明白赵凡还是赚了不少钱的，所以凭他的心胸，多少还是不忿地挂了电话，又开始到处找人借钱。

"海哥，你们宿舍那个赵凡不是特有钱吗？"刘海借到一个经常一起逃课的不良少年袁北宸那里。

"嗨，别提了，平时一个宿舍人五人六的，一提到钱就不认人了。"刘海一想到这个事儿还有些牢骚，可他也不想想赵凡曾经给过他多少福利，而且赵凡也没有义务要帮助他呀。

"海哥，我有个好主意，咱俩见面合计合计呗？"袁北宸说着。

"好，那就过会儿门口串店见。"刘海回应着，他知道袁北宸这小子不能有什么好事。刘海虽然跟着瞎混，但是一般不参与打架，就是爱吃喝玩乐。不过逼到现在，也实在是没辙了。

过会儿串店的门口，刘海远远地就看见袁北宸在那边等他。

"怎么不先进去呀?" 刘海边说边往串店里面走。

"海哥, 咱们还是找个僻静地方聊吧?" 袁北宸回应着。

刘海想了想, 感觉到有一些不对劲。但迫于无奈还是跟着袁北宸找了一个僻静的角落。刘海的感觉没有错, 袁北宸提出来的方案竟然是抢劫赵凡!

第十六章　驾校宋老师

"不行，我做不了这个事儿。再说我们都一个宿舍的，就算我怎么乔装，他也能认出我呀！"刘海摇着头，已经否定了这个提议。

"海哥，不用你动手，赵凡这小子生意做得太好，一个小屁孩而已，我们有几个兄弟早就看他不耐烦了。但是我们知道你一直罩着他，所以也没想过动他。"袁北宸劝着刘海。"而且你跟他熟悉，知道他最近忙什么，平时晚上都干什么，你只需要给我们提供情报，跟着我们一起过去，甚至都不用露面，回头钱到手了，你的事儿也解决了，不就行了吗？"

"这……"刘海有些心活了。"不会出什么事儿吧？"

"嗨，海哥，你想想，他赵凡就一个小屁孩，回头报警什么的也没人搭理呀。而且他的钱哪来的，也不是什么正经合情合理的吧？"袁北宸眼看着刘海动摇了，急忙继续用"道理"攻克着。

最终，刘海还是答应了。他很容易地就从郝咏跟林喆那里了解到赵凡最近正在哪一家驾校学车，以及最近他可能哪天过去，然后告诉了袁北宸。

他们选了一个赵凡晚上驾校课的时间，在附近约定好的地点会合。可刘海一见到来的人时，他就有些害怕了。因为袁北宸带来了两个人，刘海虽然不太熟悉这两个人，但也知道是学校周围挺出名的小混混。因为刘海女人缘好，所以每次一起出去玩，这些人都会叫上刘海一起，让刘海叫上几个女同学，但也不会做出什么出格的事情来，就是一起唱唱歌、蹦蹦迪。有一次他们做得有点过分了，刘海很生气地保护女同学，而且说以后不再叫女同学了。所以他们也不敢太过分，因为真担心刘海以后不叫女同学了，刘海看他们也给面子，虽然也了解到他们不是什么好东西，不过就还是一起吃吃喝喝的。没想到今天袁北宸叫了这样的人，刘海感觉事情有些不妙，他觉得如果这些人别玩得太过火就行了，毕竟他自己也要解决眼前的问题。可真的太过分的话他就算拼命也要救赵凡！

　　他心里的这些打算其他人当然是不知道的了，而且他们也终于等到了赵凡下课。驾校一般都在比较偏僻的地方，赵凡的驾校在这个时间也不例外，街道上人很少，旁边就是只有树林，他们就躲在赵凡必须经过的阴暗处。

　　远远地，他们看见赵凡从驾校里面出来，只是身边还有一个人，个子不高，很短的圆寸头，看打扮像是驾校的工作人员。

　　赵凡此刻也正在跟这个人说话：

　　"宋老师，今天谢谢您的耐心教学。"赵凡是真心的，这是他学车以来最舒心的一次了。虽然这个老师除了正常教学之外就一副拒人于千里之外的表情，但上过驾校的人都知道，这就已经很好了。最主要的是只要涉及如何更好地驾驶的部分，这个老师一定会在适时的时候开口。所以赵凡才琢磨下课之后请这位老师吃个饭，正好他也是驾校当天的最后一波学员了。

　　大饼微微点了点头，没有说话的意思。就这样简单地回应着，虽然很有礼貌，但是明显是让赵凡离她远点。

第十七章 余额呀！

"宋老师，我请您吃个饭吧?"赵凡还没有放弃，他倒没有其他意思，因为他目前依然对女性没有爱慕的感觉。但他的确很想感谢大饼，另外还有一些好奇的成分在里面，毕竟这么漂亮的女孩在现实生活中留着圆寸头的并不多。

大饼用陌生的眼光看了看赵凡，然后摇了摇头，已经表现有些不耐烦的意味了。

"宋老师，您住哪，要不然我打个车'顺路'送您回家吧"赵凡还在继续。

大饼干脆就一副听不到的样子。

赵凡继续没话找话地跟她聊天，大饼忽然觉得，这宁静而温润的夜里，寂静的街道上。这孩子倒也不算太烦人，索性也不赶他但也不理他，就由着他吧。

突然，大饼以多年特种兵的直觉告诉她——有人正在暗处盯着他们，大饼知道自己当初为了给梁树报仇得罪了什么人。她以为是这些人找上她了，所以不想连累赵凡。

"小孩，以后还想好好学车就赶紧离我远点，要不然下次我不教你了，听到了吗?"大饼终于回应了，只可惜这回应对于小孩来说有些受挫。

"好的，宋老师，抱歉。"小孩无奈地摊摊手，眼里闪过失望的神色。

大饼其实也被小孩的真诚与他身上不同寻常的成熟所触动，最起码觉得这孩子不讨厌，但是她知道，越少有朋友对她或者对她的朋友而言，就越好。

"这样吧，我现在开始起跑，如果你能够一直跟上我，我就让你继续在我耳边不停地说。"大饼还是没有忍心太过伤害小孩，所以想了这样一个折中的方法，也可以试探是不是有人跟着他们。

"好，那什么时候开始?"小孩正问着呢，大饼却已经开始跑起来了，不快但是也不慢。

小孩琢磨这一个姑娘，虽然是个美女姐姐，发型也很有个性，但不至于跑得过经常锻炼身体的他吧?

结果就是他看着大饼的身影越来越远，而且还跑得越来越快，让小孩觉得长这么大以来第一次如此失败，他可一直都是别人眼中的佼佼者呀!正在他蹲在地上大口喘气的时候，突然一块毛巾捂住了他的鼻子，然后他只能感觉自己的意识正在慢慢地消失，朦朦胧胧地听到:

"这俩神经病搞什么飞机，跑了这么远。"

"就是，累死老子了。"

"赶紧的，别在这待着了，赶紧先把他拖到边上去。"

"找到他家钥匙了吗?刘海知道他家在哪，直接去那找东西。"

"找到了，找到了，这小子怎么办?"

"扔这就行了，赶紧去发财吧，哈哈。"

小孩仅有的意识感觉他们走远了，不仅舒了一口气，家里是有一些"生意"的货品，但是比起目前的境遇，是无关紧要的，而且他也听见了"刘海"的名字。

　　可这时，小孩又听到了自己的手机短信铃声在不远处传来。这条短信，早不来晚不来，偏偏这个时候来。应该是又有同学给他转账订货品了，所以余额发生了变化，可是这该死的余额呀！

　　"哎呀，怎么这么多钱?"

　　"多少呀，哥?"

　　"你自己看看!"

　　小孩的意识挺不住了，但是在消失的最后一刻，一丝恐惧笼罩在他的心头。因为他能够听见渐远的脚步声又离他越来越近了……

第十八章　袁北宸的隐瞒

夜晚的空气有些凉意，小孩渐渐醒了。他睁开眼睛的时候感觉一片黑暗，估计是被蒙上了眼睛；然后动了动手脚，发现也被束缚着。

"你醒了？"刘海发现小孩的异样，凑近轻轻地说。"你别动，他们看见了你银行的存款，打算绑架你逼你说出密码，这会儿去找车了。"

"海哥，我怎么听见你跟谁说话呢？"袁北宸边提着裤子边走向刘海和小孩这边，看起来刚上完厕所。"海哥，你说两位老大去找车了，留着咱俩看着这小子，这大晚上的，还挺瘆得慌。"

"是呀，北宸，你说咱们这可真算是绑架了吧"刘海有一句没一句的。

"嗨，怎么可能只是绑架呀。老大说了，这小子天天在学校，好像也没有人来看他，神神秘秘的，估计死了也没人知道，不打算让他活着了。"袁北宸这番话不仅让刘海吃惊，同时也让苏醒的小孩身后冷风直冒。

"这……不行！怎么可以这样，我就是弄点钱解决一下眼前的问题，咱们怎么可以做这个事儿呀！"刘海反驳着。

永不放弃

/ **47** /

"海哥，真是抱歉，其实到了这个份上，我也就跟你直说了吧。两位老大前些日子打架好像把一个富二代'开了瓢'，正想找钱赔呢，而且我跟他们玩牌欠了3000元钱，如果不帮他们想办法，他们就要废了我，所以才有今天这一出。"袁北宸看刘海听到他这番话的时候脸一阵阴一阵阳，不知道为什么心里还有些舒畅。"我早就有这个打算了，刚好你找上我了，本来打算抢些财物就算了，可是你看这小子银行卡上了吗，这么多钱呢！咱们惹不了两位老大的，认了吧。"

小孩躺在那里真是又好气又好笑，最主要还是恐惧，他怎么也没想到因为"3000元钱"就要了他的命。小孩明白这些学生眼中的老大，只不过是小混混而已，实际上在真正的老大面前根本不算什么，但在学生心中可真是"老大"般地存在。而且，这些人把命看得也不重，所以他们可能真的会对自己下手，毕竟3000元都能催命呢，何况他卡上是3000元的诸多倍数呢！

"哎，北宸你看，老大他们回来了。"刘海指着一个方向。

"哪呢？"袁北宸顺着刘海手指的方向望去。这时刘海忽然从后面一脚把袁北宸踹翻了，然后拿着不知道什么时候找的一块板砖就朝袁北宸身上打去。

"哎哟，刘海，你干什么。"袁北宸边骂边躲着。

刘海也不吱声，就一直追着打，学生打架的方式很"小儿科"，刘海就算体格壮也没有怎么伤到袁北宸。所以袁北宸还是爬起来然后向远处跑去了。刘海也没有追的意思，他只是赶紧撤下小孩的眼布，快速地解开小孩身上的绳索。

"刘海，我看你是不想活了吧？"小孩看见那两个青年和袁北宸一起回来了，手里还拿着黑夜中寒光更胜的匕首。

第十九章　刘海的救赎

大饼已经很久没有这样酣畅淋漓地跑过了，这让她暂时忘记了那些不快乐的事情。她能够感觉小孩早已被她甩到了身后，而且一直跟着他们的人也消失了。她思考着这些人如何找到的自己，并且明白这里她不可以长待了。她抓紧跑回家收拾东西，可是越想越不对劲，这些人跟小孩在她后面消失的时间差不多，难道不是冲着她来的？

是小孩！

他们是冲着小孩来的，大饼天生的正义感催促着她要返回去救小孩！

刘海此刻亦是正义感"爆棚"，他想起了小孩一直对他的帮助；他想起了跟小孩一个宿舍的兄弟情谊；他还想起了是因为他小孩才陷入了此刻的境地！但他只是个学生，看着锋利的匕首还是有点颤抖；可他是个男人，他想到要扛起此刻的责任就充满了勇气。

他抬头挺胸地护在小孩前面，还真有些威严，就连对面的混混和袁北宸也有点儿被震慑到了。可一想到小孩的银行卡上的数字，他们就来了劲头：

"北宸，你去搞定那个小孩，我们俩对付刘海！"

本来两个混混也没打算在这里动刀子，可是刘海的力气还挺大，他们有点拗不过他，真的下手了。

小孩吓坏了，就算他经历过再多的事情，心智再成熟，看见眼前的场景也真的感觉到害怕了。刘海的肚子上被刺了一刀，鲜血很快染红了他身上的衣物，小孩甚至从刘海身上看见了自己的结局。他也开始挣扎，他明白千万不可以被拖到面包车上，要不然肯定见不到明天的太阳了。

混混也是正经八百第一次捅人，第一瞬间感觉到有点儿害怕，可随之而来的鲜血直接刺激了他们体内潜在的兽性，他们看了看挣扎的小孩：

"真是欠修理，一个也是捅，两个也是捅，先把他搞残了也好弄上车。"

小孩看见混混朝着他走来，他甚至能感觉到身边的袁北宸也和他一起哆嗦着，小孩看了看刘海，觉得反正都这样了，最起码替刘海报个仇，揍他们一拳！可是袁北宸就算害怕也从后面反手抓着他不放，他真正感觉到无助了，他一直以为自己什么事情都可以处理，就算独来独往也没有关系，但他错了，他明白他还是需要帮助的。他看着混混们按住他的脚然后蹲下身子准备割断他的脚筋时，他哭了，他已经很久没有流过眼泪了，他以为母亲走之后他就已经不再会流泪了。

然后他看见一个身影突然出现，一拳击打在其中一个混混后脑的同时，也把另一个混混带倒了，紧接着，还没等所有人没有反应过来的时候，大饼已经骑在混混身上拳如雨点一般落在混混的脸上。袁北宸松开了小孩冲过去想帮忙，结果那个身影一个闪身就到了袁北宸的背后，双手扣住袁北宸的脑袋，咔嚓一声，袁北宸就被撂倒了；然后那个被击中后脑的混混刚有点缓过来神，这个身影又用同样的办法闪到了他的后面：咔嚓一声；至于被打成猪头样的那个混混，躺在地上哼哼着，可是大饼还是不放心，又是"咔嚓"一声，看来一时半会这三个败类是醒不过来了。

大饼觉得应该没有什么问题了，就拿起混混手里小孩的手机，拨了"110"然后递给小孩的同时打算转身离去。

她戴了口罩和帽子，小孩认不出她，就算她没装扮，小孩也认不出她的，因为小孩此刻脑袋一片空白，直挺挺地晕过去了……

第二十章　心猿意马

"好舒服，像妈妈一样的感觉。"小孩晕倒的最后一刻产生了这样的念头，并且说出来了。

因为小孩是向前倒下的，大饼没多想就抱住了他，而他的头正好埋在大饼的胸口处。大饼本来也没介意，可听到了小孩的话之后立即意识到这孩子怎么这样流氓？在这时候还能说出这样的轻薄话语，想到这里，大饼将小孩向一旁摔过去。

"哎哟!"小孩吃痛，清醒过来了，两只眼睛眨巴眨巴的，泛着 16 岁男孩的真实。

大饼突然有些感动，她并不知道小孩发生过什么，但是她能够从小孩的眼睛里看到那些内容，她也明白了小孩刚刚的话应该是由心发出的。后来她才明白，因为她们共同经过家庭的变故，这是一种缺少家庭关爱的共鸣。

"唉，果然还是个小屁孩。"大饼自言自语着，同时注意到了一旁的刘海。"唉，看来这次走不了了，这还有一个呢。"

大饼熟练地为刘海止血的同时，盘算着下一步怎么处理才好。

"您好，这里是报警中心，您好？您好?"报警电话那边已经接通了，大饼因为太过于专注，都忘记这回事了。不过大饼这会也已经有了计划，她朝着小孩挥了挥手，示意他拿起电话。

"你就告诉他们现在在哪，你被抢劫了，就行。"大饼趴在小孩耳朵上耳语着。

大饼贴近小孩的时候，小孩明显能感觉到大饼身上的女人体香，不知道为什么，他感觉有些心猿意马。但是还没有消逝的恐惧让他还是照着大饼的指示做了。

"警察应该很快就来，你不要提起我来过了，就说是你这个朋友拼命救得你，懂吗?"大饼看了刘海的伤势，虽然失血过多，但是没有捅到要害部位，应该死不了，不过肯定也得过几天才能醒过来，所以这样说应该没有问题。

"好，知道了，宋老师。我一定会记得你救过我，这张卡送给你，里面的钱你都可以用。"小孩真心感激大饼的同时也庆幸自己只要活着，这些钱不算什么，毕竟还是命最重要。

"你怎么知道我是谁?"大饼有些意外，但也算是侧面承认了。因为种种因素，她对小孩没有太过防备的心理。

"宋老师，我们今天还见过呢，你的声音我怎么可能那么容易忘?"小孩还没说一点对于他判断的重要地方——因为他的头亲密接触了大饼。

大饼也没说什么，她担心过会儿警察来了自己会曝光，而且她最近的确有急需要用钱的地方，就破天荒地接过了小孩的银行卡并记住了小孩告诉她的密码——梁树那边的住院费还没交上呢。她给了小孩一个号码，说什么时候有困难都可以找她，只因为她无论如何都要想尽办法救梁树，这个世界上对她真心好的人里面，梁树绝对算一个!

大饼躲在一个不远的地方，直到警车来了，看见小孩上了车才放心地离去。她第一时间赶往全国最好的医院——"齐心医院"所在的城市，她要赶紧把欠款补一补，以便让梁树在重症监护室里面继续治疗。

第二十一章　梁树与宋公铭

梁树还是那样的安详，长长的睫毛似乎预示着他随时可以再醒过来，像以前那样无微不至地照顾着大饼。

几乎从不流泪的大饼每次看到梁树这个样子都会破例，她想起了梁树的种种，觉得为什么老天这样不公，像梁树这样的好人却没有得到应有的善报，反而被他曾经救助过的人伤害到这种程度。

她一直觉得梁树是上天赐给她不幸人生中最幸运的礼物，遇到梁树的时间是她无比沮丧的一天，她刚刚离开了让她无限留恋的部队，浑浑噩噩地被汽车撞到了也还有些发蒙。

"你怎么样，要不我赶紧带你去医院吧？"梁树急忙从车上下来说着。

大饼抬头的时候，第一瞬间就看见了梁树长长的睫毛，却也挡不住梁树特有的一种让人安静下来的眼神，反而成为一种特别的修饰。

"我没事。"大饼起身，她觉得被撞了一下反而更好，她要打起精神，继续她偶像武大郎一般"永不放弃"的精神。

"不行不行，你必须跟我去医院。"梁树很坚持。

大饼觉得这个人很有意思，一般的人肯定是想着怎么逃脱，这个人怎么这样？大饼依然坚持不去医院，最终的结果是在梁树的坚持下就算不去医院也要去梁树家里照顾一段时间确认没问题后再分开，让大饼与梁树都没有想到的是：他们就不打算再分开了！

大饼虽然二十几岁了，可在这之前她根本没有谈过恋爱。她的少女心也被她从小到大的痛苦经历所掩盖了——因为父母从她记事开始，就每天都在争吵、动手，然后母亲抱着她哭后，父亲也会抱着她哭，可两个人就是不分开。

大饼的父亲叫作宋公铭，而他的第一任妻子并不是大饼的妈妈，而是他的初恋女友——胡珊。本来宋公铭的生活如此顺利，不知道是不是因为"名字"的缘故，他非常喜欢历史，专注的学习促成了他获得当时少有的史学系高学历，并且因为才学出众大学毕业后直接留校——成为这所名校的教师，同时也收获了校花胡珊的青睐，深受领导器重的他很快又成为校史上最年轻的教授。可总有一些不顺利的地方——结婚多年胡珊未孕！

胡珊在家里凡事都以宋公铭为主，这次也没有例外，她先自行去医院做了相关的检查。在等待结果的日子里，胡珊非常煎熬，可在拿到结果的日子，她更加煎熬：结果显示胡珊各个方面均正常。

她开始思考未来人生的方向了：宋公铭人的确很不错，结婚这么多年他们甚至没拌过一次嘴，对她也是呵护有加，而且社会地位也在那，看起来以后甚至还会更好；可胡珊接受不了他不能生育的事实，一丝一毫的退让也不可以！

在确定了想法之后，胡珊重新去了一次医院，做了一次更全面更深入的检查，拿到了与上次一模一样的结果：她没有任何问题！

永不放弃

第二十二章　胡珊与王梅

听了胡珊的陈述，宋公铭甚至没有打算要去做检查。他和妻子这么多年，他相信妻子，也知道在没有使用避孕措施的前提下，这么久了没有"收获"是什么原因，他到这个时候已然"心知肚明"了。

可两个人都试图挽回这段婚姻，所以在胡珊的陪同下，他决心到医院接受治疗。然后在继续的一年里，他们渐渐开始貌合神离、开始将所有苦心经营起来那些看似牢不可破却如此薄如蝉翼的感情捅得千疮百孔，这充满煎熬的时间内，让宋公铭懂得要放手了，因为胡珊的肚子依然还像他们刚认识那样平坦而美丽，只不过现在他们更需要的是妊娠线而不是人鱼线。

离婚后，胡珊很快嫁给了他们当初的一位同学，宋公铭知道这个人，他在大学期间就苦苦追求了胡珊很久，只不过让宋公铭意外的是，胡珊的喜讯在他们离婚后不久就传来了——她怀孕几个月了。宋公铭算算日子，这时候他们的婚姻关系应该还没有结束呀，于是他怀着最后一丝希望去医院询问了一下，结果他依然无法生育。宋公铭一瞬间全都明白了：

胡珊早就已经放弃了他！

宋公铭没有怨恨，也没有懊恼，只有一种平淡的心。他在这段时间里已经慢慢学会接受了所有的不顺利，那些他从小到大作为父母眼中的骄傲、女人心中的白马王子、朋友宴席上的翘楚，然后坠落到地平面甚至地下的感觉。这个过程不是"开水煮青蛙"，也不是"万念俱灰"，只是让宋公铭觉得突然"解放"的一种如释重负。他换了一所"重金邀请"他很久的学校继续从事教学工作，接了父母过来和他一起生活，推掉了所有应酬，然后他就再次遇到了一个女人——王梅。

　　宋公铭没有想过再婚，也没有想过再恋爱，但是他毕竟是个正常男人，所以难免会有冲动出现，而面对主动送上门来的王梅，他无法免疫。王梅也是学校里姿色出众的一名老师，追求的人也不少，没想到她忽然就对宋公铭这个被学校同事称作"火星人"的男人感兴趣，每天主动与他一路回家，然后经常做好了饭菜送到宋公铭家楼下，在宋公铭父母下楼散步的时候她主动上去陪伴攀谈，在这样的攻势之下，宋公铭一个多月就沦陷了。

　　"我们结婚吧？"王梅躺在宋公铭的臂弯喃喃地说着。

　　"我不想再结婚了，因为上一段婚姻对我的伤害太大了。"宋公铭用半真半假的"谎言"搪塞着。

　　"可是，我们已经这样了，难道你是个不负责任的男人吗？"王梅有些幽怨，但是看上去更加迷人了。

　　宋公铭本来有些触动了，但他想到自己不能生育的事实，就感觉这是长痛不如短痛的一个过程："这是你自愿的，我需要负什么责任？"

　　王梅没有继续说话了，但宋公铭分明感觉到他的臂弯湿润了……

第二十三章　王梅怀孕了

那天之后，王梅依然每天与宋公铭一路回家，还像之前一样，她没有因为他们之间已经有了进一步的关系就表现得很有占有欲，就是很正常地一路走一路聊，只不过在送饭菜以及与宋公铭父母的攀谈上，她已经从"经常"变成"每天"了。所以，这次宋公铭沦陷得更快，只需要半个多月。

"我们结婚吧？"王梅又一次躺在宋公铭的怀里喃喃地说着。

"我没有办法给你幸福，真的！"宋公铭也觉得很惋惜。

"只要你在我身边，我可以什么都不要。"王梅的目光变得坚定而执着。

"我不喜欢孩子，你能接受不要孩子吗？"宋公铭试探性地问着。

"我说了，只要你在我身边，我可以什么都不要！"王梅觉得不需要多说什么，再次重复一下刚刚的话语就是最好的回答。

"你想好了吗，如果我们真的结婚，这辈子都不可以再分开，我说的是真的不可以再分开，无论发生任何事情！"宋公铭觉得自己很自私，但是他无法再讲出拒绝了。

王梅没有继续说话了，因为一周后他们就已经在婚礼的殿堂上重复了这些誓言！同时迎来了一个好消息：

王梅怀孕了！

宋公铭看见王梅有了一些孕期征兆后肯定了这点，他内心是有些崩溃的，但是没有说破，而是直接找到了他的父母。

"爸妈，王梅怀孕了，而且看样子已经有一段时间了。"宋公铭在去见父母的路上想了很多陈述这个事情的方式，但最后还是选择了最直接的方式。

宋爸爸第一时间错愕了，随之低头不语，很凝重，在想着什么。

宋妈妈第一时间也是错愕了，随之拍手大笑！

"老伴！""妈！"

"你怎么样？""您没事吧？"宋爸爸与宋公铭以为宋妈妈受了太大的刺激，几乎同时关心而焦急地询问着。

"老宋，儿子，我这就去买些好吃的，给我儿媳妇好好补补，你们谁也不准再提这件事情，听见了吗？"宋妈妈边回答边出门去了，留下了呆住的宋氏父子。

"公铭，你妈妈是对的。"宋爸爸随即明白了老伴的心思。

过了不久，他们全家都离开了这个城市，找了一处离得很远的城市重新安顿了下来，专心等着孩子的降世。果然，孩子在他们结婚后 7 个月左右生下来了，是个女孩，取名叫作"宋诗音"。他们身边没有任何一个人会知道宋家有这样一个秘密，只知道他们家的女孩像他们的爸爸妈妈一样，长得非常漂亮，而且聪颖。

守着秘密的宋公铭内心煎熬而痛苦，最主要是他连最钟爱的教书工作都做不成了，因为他担心如果继续做大学教授的话，可能会碰到以前的熟人。他开始暴躁、嗜酒，不过归根到底他不是一个没用的人，他开始把所有的精力继续用在历史上，并且写了很多历史感很强的武侠小说，他从小也喜欢武侠，否则也不给自己的女儿取名叫作"诗音"了，没想到后来比他做教育赚得更多，他也不允许王梅出去工作，因为担心这秘密会曝光。可总这样下去两个人便开始越来越多的争吵，然后在外人面前这个家庭一团和谐。这样的日子真的很崩溃，不仅让宋公铭与王梅崩溃，还让宋诗音每天在这样的环境里也觉得很崩溃。宋公铭与王梅都记得当初的誓言，所以他们只能把情绪都发泄在争吵上，然后分开抱着他们最大的希望——宋诗音，各自哭个不停。

第二十四章　诗音是个好学生？

　　这养成了宋诗音不爱表达的习惯，因为她每次好奇为什么她的父母会有这样的表现的时候，她的爷爷奶奶都一副讳莫如深的样子，而这答案在爸爸妈妈那里更是找不到，后来她就干脆对什么事情都不太好奇了。

　　她的冷漠帮她度过了小学，到了中学男生们将她评为"十大校花"之一。当然，这不仅仅是她的外形出众，而且男生们给她起了一个外号：冰山宋诗音。

　　别人写给她的情书，她从来都不会看，甚至也不会丢，就像是看不见一样该做什么做什么。那时候宋诗音也留了一头长长的秀发，她喜欢的东西很少，但最喜欢的就是她的头发，然后就是喜欢看爸爸的武侠小说，并且在心里种下了一个武侠梦，也就是现在我们常说的"女汉子中的女汉子"。她从记事以来就保持一个发型——那种侠女发型，成为"篮球校队队员""足球校队队员""长跑校队队员"等一系列的体育特长生，不过她的学习成绩也很不错。尽管她很喜欢自习课的时候看武侠小说，一开始老师还会没收她手里的小说，可因为宋诗音家里堆着的小说成了山，她下次随手再拿一本就可以了，久而久之教师办公室里面的小说都可以开书店了。

老师们开始频繁地"找家长"——这万年不变却十分有效的办法。可真正让诗音远离了"与前途无关的书籍"之后，诗音的学习成绩反而一路下降，随之而来的是诗音连"体特"的训练都不参加了。因为诗音在体育方面帮助学校争取了诸多荣誉，很快这件事情在全校范围内发酵了：校方希望可以通过诗音的同学来影响诗音，可发现同学反而都会被诗音所影响；校方希望通过与家长的合作影响诗音，可诗音一直品学兼优，从不迟到、不早退，也从来不在课堂上影响其他同学学习，所以根本找不到什么地方需要诗音改正。诗音虽是女生，可患了"直男癌""中二病"，就连校医院都治不好。

这件事情慢慢地发酵到被媒体关注了，所有人都开始思考：到底如何评价一个好学生？

是不是只有天天抱着做不完的题一直啃才算是好学生？

是不是除了学习外，其他的爱好越来越少才算是好学生？

是不是按照既有的方式，循规蹈矩才算是好学生？

于是，最终校方妥协了，家长也妥协了，前提是诗音要恢复之前的学习成绩以及体育训练。很多人非常好奇诗音到底是怎么做到同时面对这么多事情还都能处理得很好的，其实很简单：

专注与坚持！

诗音在学习的时候就只是在学习，哪怕突然被其他的事情中断了，她也能马上回到状态继续学习；体育训练的时候如此，就连读小说的时候也是如此。不会因为一道题卡住了就寻求帮助，而是一遍又一遍地演算，直至解决了为止；不会因为体力不支就放弃，决定今天要跑50圈就一定会跑完。

诗音的中学时代也即将结束了，这一年她 18 岁。宋公铭与王梅决定，要告诉诗音的同时也第一次正式地告诉自己：他们家庭的秘密。

第二十五章　诗音从此是大饼

"诗音，祝你生日快乐，我有个事情想跟你讲。"

宋公铭与王梅几乎同时说出了这句话，他们彼此对视了一下，诗音在他们眼中看到了"爱"、看到了父母多年相处形成的"默契"、也看到了一丝丝"愧疚与恐惧"。她感觉了什么，她的爷爷和奶奶也感觉到了什么，两位老人对视了一眼，选择暂时回避，让她们一家三口有一个处理问题的空间。

宋诗音从来没有想过宋公铭不是她的生身父亲，因为她跟父亲太像了，就连行事作风，那种专注度都那么的像，她能够清晰地感觉到宋公铭对她的爱，对她每一处生活细微的观察与默不作声的辅导，尽管她无法懂得为什么每次父母吵架后都要抱着她哭，可她能够感觉到那种父母虽然抱着她但实际更像是依偎她的感觉——那个时候她就是他们的精神支柱，那种血浓于水的感觉，竟然是假的？

她再次确认了原来父亲早已经做过她们两个人的 DNA 鉴定，她明白了，这是既定且无法挽回的事实，她没有大喊大叫，却已经泪流满面，然后平静地说着：

"我高考的志愿不是大学，而是想去当兵！"宋诗音多想父母不要告诉她这件事情，哪怕他们继续吵下去，她也觉得那才是她的幸福，不过她依然要继续幸福下去！她想既然这样，她就真的通过努力做父亲书中的女侠吧——她要去部队锤炼自己，等有一天她觉得一切能回到从前了，她再回来。

她选择了原谅与理解，她知道有的时候坦诚更是爱的一种最高的境界，可她希望又不希望她的"父母"如此爱她；她也选择了责备与埋怨，所以想暂时逃离这个"家"！

其实谁都明白，事情是不可能回到从前的。宋公铭与王梅惊异于女儿的表现，更惊异于女儿的选择，毕竟他们不是诗音肚子里面的蛔虫，诗音所想的他们并不知道，而且他们明白，他们也不需要知道。诗音从小到大都那样的坚定有主见，他们相信这次她的选择也一定不会错！

接下来的日子很热闹，这个家从来没有这么热闹过。诗音让父母和爷爷奶奶带着她游遍了这个她居住了18年城市的每一个角落，她们玩着笑着、合影着，就像一切都没有发生过一样，可是这个家已经除了吵闹外平静18年了，宋公铭感觉他这段时间走的路比他这18年加在一起走的路都多，他多希望可以一直走下去呀。诗音看着这些近在身边却又无比陌生的风景，和她现在的处境一样：

人往往会走遍大江南北，却连自己家楼下最近的公园都没有去过。

她爱她的父母，爱她的爷爷奶奶，爱这座城市的每个角落。带着这些爱，她踏上了前往部队的火车，她没有让家人来送她，因为她担心自己会控制不住跳下火车，然后不再离开。可她知道，自己不可以这样做，她要清醒地幸福着，所以需要一个人踏上人生的旅程，找到那个继续幸福的理由，而且她坚信，她一定可以找得到!

　　"你好,你叫什么名字呀?"坐在她旁边的新入伍的女兵同伴问道。

　　"我叫……我叫大饼,你就叫我宋大饼吧!"

第二十六章　大饼从此是女侠？

诗音想过很多称呼，之所以后来想到了"大饼"。是因为她突然想起了《水浒传》里面的武大郎，那个敢于追求最美，并且在病榻之时还不忘享美人之香的"斗士"！靠一个侏儒身材卖饼养出来一个八尺巨汉，哪怕这个人再英雄，再受敬仰，也要屈下身子心甘情愿地叫他一声：

"大哥"！如父的大哥！

他可以让美人香消玉殒；可以让英雄沦为囚犯；更可以让一方之豪死无葬身之地。只因他从来没有放弃过任何人，更加没有放弃过追求更好的生活，所以某种意义上说，他的人生算是胜利的。其实跟他相比，大多数的人反而各个方面差得远呢。所以，请不要选择耻笑他，只因他的精神力量——是个巨人！

"什么？你叫什么？"对面的女兵姑娘以为自己听错了呢。

"我叫宋大饼！"大饼坚定地回答着。

大饼在部队和以前一样：不凑热闹；很专注；有坚持。但是她并不是不与人相处，因为她总是真心地帮助别人，所以她的人缘倒也不错。当然，更加不错的，是她各个项目的成绩，然后类似"许三多"一样，没过多少时间，她就通过了层层考

永不放弃

核，进入了类似"战狼"或者"老A"似的特种部队。

那里的训练更加刻苦，可对于大饼来说反而更加快乐，因为她觉得自己越来越像一个"女侠"，而且是十八般武艺样样精通的女侠。于是，真正实现她作为女侠的时刻也来了，他们需要去边境抓捕一名毒枭，不过这毒枭有自己的寨子，可因为很多因素，这次必须强攻，在报名的时候，她第一个签上了自己的名字——宋诗音。

她们在一个夜晚，分成了很多小组，大饼所在的小组是寨子防守最薄弱的一处，她和队友们趁着夜色打算直接潜进寨子里面行动，可毒枭怎么可能不做布防，大饼在队伍的最前面只觉得身子一倒，就立刻意识到情况不对，但反而让她成为这次行动的英雄——因为这是一个地雷阵！大饼这次真的体会到了"训练的价值"，也庆幸自己从来不会偷懒，甚至超负荷地完成。

她滚爆了雷阵！

具体细节就不多加描述了，因为大饼也不知道具体细节，只是一直滚呀滚的，滚到即使经过再多训练也挡不住的脑子眩晕感，滚到近在耳边的爆破声渐渐消失也还没有停下，她什么也不知道了，她只知道再次醒来的时候眼前一片洁白。

与部队清一色的军绿截然不同，这里充满着安静。大饼从小没有进过医院，因为她的身体素质实在太好了，这里的一切对于她来说还有点新鲜。

"你醒了？"梁树突然的问话让大饼吓了一跳，因为大饼并没有发现房间里面还有其他人。可大饼看见梁树的第一瞬间就感觉一种前所未有的安定，那种充满了信赖的眼神，似乎周身散发着光芒。

"哎呀，诗音同志，你醒了。"大饼还没有缓过来神，病房里面出现了更多的人，有一些她在演习中看到过应该是上级的同志，有一些拿着麦克风、有些标识感觉是记者的同志还有形形色色的其他人。

大饼明白了，她真的成了女侠，成了英雄。

第二十七章　离开

面对媒体的采访，大饼如实地讲述着经过：

她并不是有意识地去做这件事情，而且对于自己不小心落入了雷阵感觉很遗憾，因为这样她就没有参与到实际的战斗中来。并且她当时也只是下意识地翻滚，没有特别想要为战友们清除"障碍"的意思。

"这段掐了别播！"不知道是谁喊了一句。

紧接着有人来告诉大饼应该更好地表达当时情况的紧急与团队的精神。可录了几次还是一样，大饼就是这样的性格！

"这样吧，过几天再找这位女同志过来，可能女同志刚刚经历了战斗，有些疲惫。"远远的还有另一个声音。

大饼就这样离开了，她也没有回到医院，也不知道那位男医生叫什么，她当时的念头只是想回到部队继续锤炼自己。

可几天后，大饼并没有等到再次接受采访的通知，反而在部队给她以及她所在的小组授予"英雄称号"的时候，看见了大屏幕上播放着同组其他伙伴接受采访的视频，尽管脸部都打上了马赛克，声音也做过处理，可她还是明白了——这里面根本没有她！

之后的日子真正变成了"只剩下训练"的日子，大饼看着当初和她同组的几位伙伴一直扶摇直上，成了军官，而她还在继续训练，但是大饼没有介意，这样的生活她也很喜欢。但是随着她各个方面的能力越来越突出，她的年纪也慢慢变大着……

大饼突然被通知要离开部队了，她已经到了退伍的年纪。这时候，她看着当时的伙伴可以继续留在部队，她才明白事情的重要性，可已经来不及了。大饼没有那种分别时天天死去活来的痛苦表现，也没有向周围战友抱怨，更没有一丝一毫的懈怠，在她最后的一段日子里面，她坚持每天训练、演习等一系列她所一直坚持的东西，然后她必须离开了！

那一天，天空的雨戏剧性地下得很大。可战友们还是全部出来送她了，在战友们心中，是佩服大饼的，从各个方面全面地佩服。大饼还是那样冷漠的表情，跟大家挥手告别着，走出了部队大门。

"啊……"大饼走出大门的一刻，再也抑制不住内心的感情，她分不清脸上的到底是眼泪还是雨水，她觉得还不到回家的时候，可她要去哪？她真的成为父亲笔下的"女侠"了吗？她不知道，她更没想到大家会送她、会留恋她。她设想过无数次离开部队的场景，但是没想过是这样的，原来所有的想象就真的只是想象。只不过她更加明白，还会有更多超乎想象的东西在等着自己！

想到这里，大饼抬头挺胸，向前大步坚实地走去，脚步越来越快，越来越快，变成了跑，变成了疯跑，她不知道在跑什么，也不知道终点，但只要坚持奔跑，就一定可以路过更多的风景，拥有更好的远方！

　　"吱……"刹车的声音有些刺耳，梁树看着在他车头前方倒下的大饼，急忙打开车门上前。

第二十八章　医生梁树

其实这并不是一场意外，而是梁树得知大饼要离开部队后就一直不太放心，所以老早就在门口等着，看着、听着大饼在哀号，他感觉到一阵阵的心酸。作为那段时间大饼的主治医师，他经常看见大饼在夜晚的病床留下泪水，听见大饼哭着呓语：

"爸爸妈妈，我爱你们，不要离开我……"

梁树通过来探望大饼的人也多少了解到这姑娘的个性，他觉得自己似乎能感觉到这个美丽而倔强的姑娘经历过什么。从那之后他常常回想起她来，为了她放弃了本来的单位转到了地方医院，来到了大饼的城市。

他不知道怎么表达他想照顾这个姑娘的心情与决心。他经历了小学、中学的持续学习终于在 18 岁考上了医学专业的大学，然后 7 年的本硕连读几乎耗尽了家里所有的财产，才终于可以进入医院系统工作，在 5 年的住院医师期间，他每天 12 点就算早睡、每天 6 点就算晚起的坚持，他把周末的时间全部用来学习，因为他看见每个医生都是如此，如果想做医生，就没有办法懈怠，医学就是一场学无止境的艰苦旅行，选择了做医生，可能就选择了比"取经"更加漫长的路途，那种孤独、那种疲倦都会被每一次经过他手中的病人的微笑所冲散，他坚持更坚信自己是做一件伟大的事情。然后凭着他的付出，他算是最顺利地从住院医师5年时间转向主治医师的一位医务人员。虽然拿着与劳动以及学历并不匹配的工资，但是他还是觉得值得，因为他觉得救人与帮助这件事情是无价的，即使他依然买不起房子、就连今天的汽车也是借朋友的，但是他愿意微笑着做这份他所笃定不移的事业！

有次高铁上突然有一位长者晕倒，在当今社会下，别说晕倒了，就是普通的摔倒也没有人敢扶或者敢靠近，可是梁树正巧去其他城市参加学习，他听到这个消息后穿过几个车厢来到长者身边。他庆幸自己5年的住院医师生涯，庆幸每个礼拜有几次24小时无休在急诊与科室之间那午夜的灯光疾步赶着救的每一个人，庆幸有时48个小时甚至更长时间没有得到片刻休息所获取的丰富治疗经验。在今天，全部用在救助这位长者身上了！

他不知道这件事情是否值得庆幸，因为没过多久他就被通知调离现在的单位了。正当他疑惑与焦虑的时候，得到了去往最好的军队医院就职的通知。他能想到前段时间他刚刚做过的事情，那位长者气宇不凡，一定是他帮助了自己，可他甚至不知道怎么感谢这位长者的时候却主动放弃了这样好的机会。

只因他遇到了大饼。

他之前一直没有时间谈恋爱，只是一心扑在工作上，幸好他遇到了大饼，这个和他有着一样"坚持"的人。这种"很适合"的感觉，他想，就是爱吧！

第二十九章 平淡、平凡、平稳与真实、踏实、扎实

当然，爱大饼的方式肯定不会包括开车撞大饼。他本来也没有任何计划，只是想着在这样的一天要跟着大饼并且不让她发现，也许是担心，也许是牵挂，也许就是感受着她离自己并不遥远。

可是他没想到大饼竟跑得这么快，当然，跑得再快也快不过汽车，可是跑可以穿街走巷，所以汽车很难跟。梁树只能依靠判断在各个路口尽量看见大饼，可谁知大饼突然从一个巷子里面跑了出来，梁树因为着急来不及反应，竟然来了一次"爱的碰撞"。

"算了，一不做，二不休，干脆就赖着让她先安顿在自己的视线范围内好了。"梁树心里想着，他知道这个姑娘跑得太快，如果不紧紧抓牢，可能错过了，就是一辈子的遗憾。

大饼拗不过他，或者说根本就没有真的打算拗过他，然后住进了梁树的家里。梁树的家不大，但是非常干净，而且简洁，每一样东西都不多不少恰到好处的感觉。大饼发现他每天很早就起床去上班，据梁树说需要查房，因为他对他收的病人实在

永不放弃

放心不下，日复一日，不过大饼每天醒来的时候都会看见梁树准备好的早晨，虽然总是重复着这几样，但是却吃不腻。中午梁树一般也都会回来给她做午饭，但是有的时候梁树排了手术实在回不来也会替她叫了外卖送到家里，晚上也是这样。大饼睡在本来房间唯一的一张床上，后来，梁树又买了一张折叠床，然后在两个人中间拉了一道帘子。梁树会在极少数空闲下来的时间打扫屋子，学做新的菜肴，为大饼买些新衣服。不过多数的时候，哪怕是周末，大饼也会发现梁树在看医学方面的书籍或者去开医学交流会以及需要攒一类叫作"学分"的东西，时间久了，大饼慢慢在梁树连续几十个小时工作后回到家一脸疲惫的时候会有些心疼，大饼明白，这个人可以给她想要的幸福！

这种平淡但是真实、平凡但是踏实、平稳但是扎实的幸福，就是她想要的。

转眼间三个月过去了，大饼早就康复了。不过梁树没说其他的话，只是每天照旧照顾着大饼；大饼也没说话，只是每天就这样重复着哪怕重复一万天也不厌倦的生活。

"梁医生，你天天这样忙碌还照顾我，真的非常感谢你，不过你有没有想过有一天，找一个人来照顾你呢？"大饼这段时间都还没有改称呼，不过在这一天的晚饭片刻实在憋不住了，先表达了一下意思。

"你是说，你可以照顾我吗？"梁树的眼睛放着光芒，这是大饼第一次看见梁树除了"让人平静与信赖"之外的眼神，这光照得大饼有些眩晕，却很真实。

"是的，我愿意！"大饼没有娇羞，而是迎着梁树的目光说出这句承诺。

"太好了！"梁树一下子从饭桌上跳了起来，跑进屋子里面去了。

大饼看着梁树兴高采烈的样子，感觉到彼此的心情如此雷同：

梁树定是进屋去拿定情信物了？

梁树拿出来的东西会是什么呢？

她应该如何继续跟梁树相处呢？

然后看见梁树只拿着一个本子出来了，没有其他东西，上面密密麻麻记满了账单：

"房租、水电、煤气等……"

第三十章 我们共同拥有的

"你看呀，这个是房租，每个月2500元，3个月了，咱俩一人一半。还有这个水费、电费、外卖、柴米油盐每个月……"大饼有点发蒙，难道这哥们儿是因为想找个人"合租"，所以才收留他这么久？

"人都要送给你了，你竟然跟我算这个?!"大饼看着认真并且还在继续一项项跟她罗列的梁树，心里出现了这么一句话，而且马上就要抑制不住体内的洪荒之力了。

"所以，这是你以后要做的事情，因为我要把我的工资卡交给你，然后你要记账，学会理财。因为我们会拥有属于我们的房子、我们的汽车我们的孩子……"梁树在这个恰当的时候说出了这样的话，并且将本子翻过一页，这一页夹着一张银行卡。

大饼第一反应是想哭，不知道是因为感动得想哭，还是有点哭笑不得。但她第二反应来得很快，因为她的心中有一万只"羊驼"经过。这些神奇的动物直接将她的心踩扁，继而因为想哭但是哭不出来的眼泪回流到心脏再将心填得饱满；然后神奇动物再踩，眼泪再添；周而复始，让大饼一秒之内，酸甜苦辣全部经历了十遍，最后融成一句话：

"我答应你！"大饼一边说一边将银行卡重新放回了梁树的身上，"我也会奋斗，我能够自己养活自己，我的理财能力不强，可我会把所有的收入交给你，那么我们以后会拥有的一切，就全靠你啦！"

"对了，"大饼继续说道。"我想带你回家去见我的父母，好吗？"大饼觉得没有什么礼物，能够比得上"她已经找到自己的幸福"更值得送给宋公铭与王梅了，大饼甚至能够看见他们欣慰的笑脸。

"好，我也带你去见见我的父母吧，你看，我已经买好车票了。"梁树说着，又翻过一页，这一页夹着两张明天的火车票。

"明天的？你怎么知道我一定会答应你？"大饼看着车票打趣着。

"因为我知道，如果错过了你，我这辈子可能不会再喜欢其他人了！"梁树的眼神是那样的诚恳，让大饼总是怀疑梁树的眼睛到底是什么做的，怎么可以在不同的阶段有着那样不同丰富的感情。

这一夜，他们依然睡在帘子的两侧，但是他们都能够感觉到互相的存在，甚至每一次呼吸、每一丝体温、每一个表情能够感觉到。这些东西让这个房间变得不再局促，他们感觉自己像是置身于秋天的田野之中，广阔无垠，天空海阔也并不寂寞，因为有这样一个人，会一直值得自己守护、牵手，充满了不竭的希望！

"铃铃铃……"清晨的闹钟叫醒了不知何时睡着的大饼与梁树，他们觉得这是他们睡的最好的一次了，他们保持着梁树先

永不放弃

洗漱的默契，然后各自收拾完毕，迈出了"家"门，踏上了梁树的故乡，那个城市，有白杨，有小孩，只是这个时候大饼并不知道他们会相遇。

第三十一章　梁树的家

"这是你的家?"大饼站在一处院子里面,这院子里面到处都是小孩子跑来跑去。根本不像是一个"家"呀?

"是的,"梁树边说边带着大饼走到一处角落,梁树拿起一把铁锹在那个角落挖着,只几下就停了下来,然后低下头从地里拿出了一个金属制的饼干盒子。

大饼看着梁树的动作,觉得很有意思,因为她似乎也做过这样的事情:

在家里、学校里,以及家乡的某处空地上,埋了很多东西,只是她自己都想不起来了。

梁树打开盒子,大饼看见了玻璃弹珠、人头像卡片,还有沙包,而且还有女生喜欢玩的"嘎拉哈"以及皮筋,还有一些用纸叠成的手枪、帆船、宝剑等。

"咦?你这个干脆面的《水浒传》卡片集齐啦?"大饼很兴奋,因为当年她没集齐。

"你也集这个?你应该积攒《美少女战士》的吧?"梁树笑着聊着。

"嗯,水冰月的卡片我有好几种。"大饼自豪地说,"呀!你竟然有大空翼和流川枫的卡片，这个在哪里集到的呀？"大饼看到这些满眼都是"小星星"，抑制不住自己的兴奋之情。

"小树，是你回来了？"大饼循着声音望过去，讲话的是一位50多岁的阿姨！

"妈，是我。"梁树有些哽咽了，他因为工作太忙，已经有段时间没有回来过了。

"傻孩子，怎么还像没长大似的，这姑娘是？"梁树的"妈妈"看见了大饼。

"妈，这是我女朋友，叫宋诗音。"梁树赶忙介绍着，"大饼，这是我妈，是她从小养大我的。"

大饼想这不是废话吗，当然是你妈从小养大你的。

"妈妈，小刚的手被刀划破了！"一个不到10岁的小女孩跑了过来喊着，"树哥哥，你回来啦？"小女孩看见梁树特别开心，小孩子的精力总是这样容易被转移，刚刚小女孩还在担心小刚呢。

大饼有点晕，怎么梁树还有这么小的妹妹？而且听着还有其他兄弟姐妹？

"小岩，快带我过去。"梁树妈妈和梁树同时焦急地说着。

"哦哦。"小岩边说边在前面带路，进到了屋子里面，看见另一个不到10岁的小男孩在那边哼哼，但是没哭，还试着包扎自己的手，可是包不住。

小男孩的脸已经看不出来长什么样子了，看起来应该是重度烧伤导致的，大饼估计他应该就是小刚了。

"妈妈，我没事。"小刚听见了他们急匆匆的脚步声，循着声音笑着朝他们说着。

其实大饼也是感觉到小刚在笑，因为他重度烧伤的脸已经看不出来表情了。

"妈，我来。"梁树赶忙上来替小刚处理伤口，另一旁小岩不知道什么时候已经拿过来急救箱了，这是"孤儿院"常备的东西，小岩知道在哪。

"你这孩子，怎么弄的?"这时候梁树妈妈看小刚的伤口正在被处理，才想起来怜爱地"责备"小刚。

"妈妈，对不起，因为松松想吃削了皮的苹果，我就想给他削一个，真的对不起，让您担心了。"虽然看不到小刚的表情，但是能够感觉到小刚的神情。

第三十二章　妈妈，我们可以每天过这样的日子吗？

　　大饼看着小刚的样子，觉得一阵阵心酸。这么小的孩子，讲起话来这样懂事。而且他严重烧伤的脸，恐怕视力也受了很大影响，他因为要照顾比他更小的孩子，所以才想着做这样的事情，结果弄伤了自己吧？

　　事实正如大饼猜想的一样，包括大饼也联想到了梁树的身世。梁树妈妈拉着大饼的手一个劲地跟她聊天，讲起了那天梁树被捡来的场景：

　　梁树是梁树妈妈第一个孩子，同时也是个弃婴！梁树妈妈原本是在医院门口的一个摊贩，偶然间捡到了梁树，不过也奇怪，当她抱起梁树的时候，梁树就不哭了，而且长长的睫毛似乎在说：妈妈！

　　梁树妈妈因为在树下捡到的梁树以及自己的丈夫姓梁，就取了这个名字。后续梁树妈妈又陆续捡了其他弃婴，这些孩子多半是残疾的，然后因为这个梁树妈妈当时的爱人与梁树妈妈发生了激烈的争吵，这场争吵直至离婚才结束。

　　梁树跟大饼说，当时因为妈妈自己养不活他们，后来带着他们上街要过饭，所以他才这样善良。因为他感激这个世界，给予他生命并帮助他活了下来。后来慢慢地，梁树妈妈收养的孩子越来越多，这个家庭尽管和睦但是不堪重负，就有人给梁树妈妈出主意，说是可以送到市里的福利院（梁树妈妈在城市下面的一个小镇里）。

那一天，梁树妈妈茶饭不思，看着这些孩子，都是她一个一个养活过来。尽管有时候也累，也被这些孩子在床上拉屎拉尿烦得够呛，更会被饭不够吃的时候饿得发慌。可真的说要打算送走谁，她还是第一次考虑这个问题。

最后她还是决定送走一个孩子先试试看，她选择了她的第一个孩子——梁树。因为梁树稍微大一些，而且也健康可爱，她想就算没有跟在她身边，福利院也会对梁树不错，梁树也可以照顾自己的！

梁树清楚地记得那天晚上妈妈不让他跟大家一起挤着睡了，带着他生平第一次去了有"洗澡搓澡"的地方，晚上单独抱着他睡的，尤其是还给他买了 5 串他期待很久的羊肉串。吃到嘴里的时候，他想这会不会是世间最美味的食物了？过往他都是在经过小摊的时候闻闻就觉得很满足。

然后，第二天妈妈竟然带他坐了汽车！他每次看见汽车的时候都想过、憧憬过，还跟妈妈说过，等他长大赚钱了一定带妈妈坐汽车，因为他知道妈妈也没有坐过这个"高级货"，每次妈妈也都是一脸慈爱地看着梁树说：

"好呀，那时候妈妈就老了，不过妈妈一定会等着的。"

那个时候梁树还小，只是相比其他孩子他年长了一些，孩子的心性让梁树并没有想太多，只是单纯地觉得这一天过得像做梦一样。

"妈妈，我们以后可以每天都过这样的日子吗?"在汽车上的梁树睁大了眼睛看着妈妈。那一瞬间他看见了妈妈脸上早已布满了泪痕，生活的不易促使了梁树心思的敏感细腻。"妈妈，您怎么了，我哪里不听话惹您生气了吗?"小梁树看见妈妈这样一阵阵地心疼，焦急地询问着。

第三十三章　爱

"孩子，没有，你很乖，只是妈妈没有办法。"梁树妈妈看着懂事的梁树，一瞬间心里就像崩塌的堤线一样，根本无法再抑制自己的感情了。

梁树从来没有看见过妈妈这样，因为妈妈一直很坚强。这断了线的眼泪仿若千斤：压住了梁树妈妈的嘴巴，所以泣不成声；压在了梁树的心坎，让他明白肯定即将面对的事情是个"大事儿"。

"妈妈，求你了，您以后让我干什么都可以，我一定乖乖听话。我再也不吃羊肉串了、我也不坐汽车了、我一定好好照顾弟弟妹妹，求你了，带我回家好吗？"即使再好的心理准备在到福利院门口的时候，梁树也第一次做了不听话的孩子。梁树妈妈还是选择在门口先将情况告诉梁树，因为她不想直接留下梁树就走。

"小树，妈妈不是跟你说了吗，这里的生活更好，对你以后成长也更好，乖，跟妈妈进去好好表现。"梁树妈妈耐心地哄着梁树。

"妈妈，你是不要我了吗？你不爱我了吗？"梁树第一次感觉到害怕，哪怕常常伴随吃不饱的饥饿感，也未让他如此绝望过。

梁树妈妈不知道怎么回答，她怎么可能不爱，可"爱"如此沉重，而"爱"又如此轻盈，因为"爱"，她选择让梁树有更好的天空飞翔！

"我不要、我不要，我要回家。"梁树开始声嘶力竭起来。

这是记忆中第一次，也是唯一一次妈妈打梁树，把他拖进了福利院。

"吵什么呀，不要再吵了，你们是来送孩子的吗？我们这里不收的！"看似福利院的人员边说着边走了过来，看来这样的场面他们已经很熟悉了。

"这里不是专门收养弃婴的福利院吗？"梁树妈妈边拽着梁树边问。

"是呀，可是现在的孩子我们已经养不起了，不再收孩子了。"福利院人员解释着。

梁树听见了他们的对话感觉到无比开心，而梁树妈妈听到了这样的话也无比开心，虽然她明白她将要继续什么样的生活，但是只要"一家人"还能够在一起，就可以了，不是吗？

毕竟坦然接受生活看似的不幸，然后以一种幸运的态度去面对，努力过、尝试过，然后坦然地接受所有的所有，那这件事情就可以叫作"幸福"！

"太好了，太好了，谢谢同志，谢谢同志不收我的孩子……"梁树妈妈语无伦次地握着福利院人员的手，一边笑一边哭地说着。

梁树看着妈妈，此刻下定了决心，要像妈妈一样，成为一个不计回报的人，所以他突然萌发了成为一名医生的理想，一方面可以救陌生人，另一方面可以帮助妈妈。

可福利院人员却不这样想，尽管他见多了类似的场景，可从来还没有人感谢过福利院不收孩子的情况发生呢。他看着梁树，看得出这个孩子健康而且五官清秀，尤其是眼神很有感染力，也惊叹这么小的孩子就有着一种让人信任与安静的力量。

"要不然，这个孩子就破例收了吧?"福利院人员在心里默念着。

第三十四章　静锐的决心

"算了，福利院现在本来补贴就低，看得出，这个女人对孩子一定非常不错，还是让他们回去吧。"福利院人员又转念一想，于是说："那女同志，您就带着孩子回去吧，留个联系方式，等以后福利院环境好了，我们也好能够跟您取得联系。"

"我叫静锐，可是我没有电话，暂时也没有固定的住所，但是我肯定离不开咱们市的平河镇，因为孩子们都在那里。"梁树妈妈回答着。

"好的，把你们来时的车票给我，我私人给你们报销一下，我叫吴夏勇，你们回去的车票我也去替你们买一下吧。"吴夏勇说着带着静锐和小梁树出了福利院的大门。"小朋友，你最爱吃什么呀？"

"羊肉串。"小梁树出于礼貌立即回答着，但是马上改口。"不，叔叔，我最爱吃馒头和稀粥，还有妈妈做的辣酱。"

静锐听了又是一阵心酸，因为买不起蔬菜和肉，她只能做一些辣酱，这样孩子们在用餐时就可以不用吃菜了。

"哈哈。"吴夏勇笑着，"没事，小朋友，你爱吃的辣酱这里吃不到，叔叔今天带你吃羊肉串吧！"

"不，叔叔，我已经跟妈妈保证过了。"梁树小小的年纪，但是口气却异常的坚定，眼神也充满了力量。

静锐本想开口阻止，没想到梁树已经先表明了态度，但是她想到小梁树这两天经历的事情，觉得孩子可怜。算了，就让孩子放纵一回吧。

"小树，如果你以后不吃羊肉串了，那等你长大了赚钱了，妈妈想吃怎么办呀？要不今天我们就去吃一次吧，不过以后就要等你长大了，赚钱了，妈妈和你一起带弟弟妹妹再吃好不好？"静锐知道如果生硬地跟梁树说，反而更会让孩子不知所措，所以采用了这样的表达方式。

"好吧，妈妈。"梁树还是听了静锐的话。

吴夏勇知道现在的小孩子都吃得多，所以点了满满一桌子，结果小梁树只吃了五串就不再吃了。

"小朋友，你不是最爱羊肉串了吗？怎么不吃呀？"吴夏勇看着梁树关心地问着。

"我妈妈一口也没吃，所以我知道妈妈还是为了我才来的，而且我想把剩下的食物带回去给弟弟妹妹吃，叔叔，可以吗？"小梁树回答着并且又提出了新的问题。

尽管吴夏勇保证他这次可以给弟弟妹妹带回去好吃的，可小梁树还是边流着口水边吃了一碗拉面，任凭吴夏勇怎么说也再没动一口烧烤。静锐整个用餐时间在一旁看得既心酸又欣慰，内心五味杂陈，但是她很坚定，她觉得自己的付出值了！

在回家的汽车上，小梁树躺在静锐的怀里睡着了，睡得很香，眼角时不时会出现一些晶莹，静锐看着小梁树的泪痕，下定决心，要继续收养弃婴，并且再苦再累也要将他们一个个抚养成人！

可静锐没想到的是，她不仅在后来脱离了这样贫苦的生活，而且还收入颇丰。但是这无人知晓，甚至连梁树都不知道。

第三十五章　吴夏勇的登门拜访

　　就这样，在梁树 18 岁以镇状元身份考上重点医科大学的时候，静锐收养孩子的数字也达到 40 个左右。然后静锐和孩子们的环境就开始改观，静锐甚至有一种做梦的感觉，因为随着孩子越来越多，她们的日子越来越难过，但是还好大的孩子也可以帮忙照顾小的孩子了。梁树因为从小有了学医的理想，所以除了正常学习之外就研究医学知识，这样一来，孩子们医药费用也可以节省很多，邻居们也经常送些旧衣服和日用品。可即使这样，每个孩子的花销都很大，静锐日渐憔悴，却仍旧坚持着。

　　事实证明，静锐的坚持很值得，她的"大儿子""镇状元的优异表现"直接让静锐的爱心事件也随着传播开来。慢慢地，她跟孩子去医院也不用花钱，民政局给她的孩子中的大部分都办了低保、其他政府部门包括公安局等在静锐开具《弃婴捡拾证明》，到城关镇派出所进行信息采集，给证明信盖公章整个一套程序也开了"绿灯"，只需几个小时就可以办完等。而且她的名声帮助她在很多方面也都可以有经济收入，慢慢地，她发觉自己不仅不再捉襟见肘了，反而还能存下来一些钱。可是她明白人言可畏的道理，所以她从不敢乱花钱，自己还是保持近二十年来的穿衣、饮食等习惯，只是给孩子们的伙食改善了一些。

只是"好日子"没多久，福利院突然找上门来，而且还是熟人——吴夏勇。

"静锐女士，您还记得我吧?"吴夏勇是提着大包小包的东西过来的。

"记得记得，您是恩人。"静锐对于帮助过自己的人都会留有印象。

"这么多年了，听说您教育有方，还培养出来一个状元呢?"吴夏勇聊着。

"哦，您说小树呀，您也认识呀，就是当初我送到福利院那个孩子。"静锐也没有多想，就正面回答着。

"不过您现在孩子也多了，怕是很难兼顾过来，而且福利院的环境也有所改善，不知道您是否愿意把孩子都送到福利院呀?"吴夏勇表明了来意。

"哎呀，恩人，这么多年都过来了，这些孩子手心手背都是我的肉呀，割舍不了了!"静锐说的也是实话，早在第一次梁树的事儿后，她就下定了决心将收养弃婴进行到底了。

"行行行，能看出来你是真心爱这些孩子呀。"吴夏勇也没有继续说下去，"走，今天我代表福利院请所有孩子出去吃顿饭吧。"

"不了不了，不是每个孩子都像梁树一样呀，要是在外面吃'刁'了，以后回来就不好好吃饭了。"静锐对于孩子还是很有经验的，"恩人，您要是不嫌弃，就在一起吃顿饭吧。"

"哎，静锐女士，您是个好人，我当年也被您感动过。对您是由衷地敬佩以及尊敬，可是……"吴夏勇想了想，干脆直截了当说了吧。"2008 年 9 月 5 日民政部等五部委下发的关于收养子女的通知，依据这一文件，福利院每个孩子每月可获 1000 元国家拨款。所以我们可以发挥应有的作用了，您难道真的不再考虑考虑了吗？"

静锐到了这会儿，终于完全明白了吴夏勇的来意。

第三十六章　静锐是一位妈妈
可妈妈也是人

　　静锐明白吴夏勇不是个坏人，无论第一次接触时他对她跟梁树的帮助，还是这次吴夏勇选择坦诚相告，都证明了吴夏勇是个不错的人。而且静锐也是个人，不能因为她有爱心、有耐心、有诚心就修炼成神了，她也的确累了，无论对于这几十个孩子的吃喝拉撒，还是几十年来每天过的穷苦日子，她都疲倦了，可是她割舍不了：

　　第一，她真的不可能和这些视如己出的孩子们说分开就分开；第二，她从利益的角度上讲，也必须继续留着孩子，因为她尝到了名声带来的种种好处。

　　从任何角度看，静锐其实也应该拥有更好的生活，更丰厚的物质保障作为回报，甚至不应该仅仅只限于目前的这些，而是更好的！试问，就算突然给你我比静锐多十倍甚至百倍的物质作为交换，让我们放弃原有的家庭、生活，所有的时间以及精力，去收养、照顾这些大部分生理有残缺的孩子，恐怕没有人能够做到吧？

　　静锐也只是个人，只不过是品格和行为更加高尚的人，但终究还是人。所以最终她跟吴夏勇商量后做出了决定：吴夏勇可以带走孩子，但仅仅是一部分，是那些没有低保以及残疾比较严重的孩子；带走后任何时间如果她想去看孩子，福利院需要尽量安排。

本来静锐对吴夏勇在这件事情上的权利也抱有怀疑态度，没想到吴夏勇表明了经过这些年他已经成为福利院院长了，静锐就释怀了。在之前吴夏勇从来没有表明他现在的身份来跟自己作为什么谈话的条件，所以静锐相信吴夏勇。

孩子一下子少了大半，不过剩下的孩子还不少，静锐甚至没有时间去感伤，就开始忙碌着照顾剩下的孩子们了，而且梁树外出读书后家里少了一个好帮手，即使梁树假期回来会帮静锐干活照顾家里，但依然忙忙碌碌。静锐也还继续收养着弃婴，吴夏勇有时候就过来看看，也会跟静锐商量着带走一些孩子。

后来梁树参加工作后太忙了，不过常常会给家里寄钱，静锐也一直操心着梁树的人生大事，每次见到梁树都会禁不住催促，虽然她的婚姻并不成功，但不代表她不懂年轻人的事情，这次见到了大饼，她一看得见就喜欢得不得了。

而大饼听了静锐的描述后也更加珍惜梁树，同时听了梁树的描述后对静锐也充满了敬重。大饼并不是个懒人，她也每天帮助静锐和梁树一起照顾孩子们，然后空闲时间跟梁树用梁树珍藏许久的小霸王比赛谁"超级玛丽"打的时间更长，配合"赤色要塞""魂斗罗"看到底能打到哪关，后面的其他孩子被这两个"大孩子"精湛的技术惊得目瞪口呆，静锐说这游戏机还是当初邻居家买了电脑，所以才被淘汰捐给他们家的呢。

永不放弃

"小树，你过来。"在梁树从出生以来"第一次假期"即将结束的前一个夜晚，静锐突然把梁树一个人叫了过去。因为静锐明白是时候了，是时候作为妈妈的要给梁树成立一个家，买一个房子了。

第三十七章　我们会有个家

　　"妈，这……"梁树第一次惊讶到话都不成语句了，"怎么会有这么多钱？"

　　"小树，别问那么多，只要记得妈妈是爱你们每一个孩子的。"静锐也不知道自己的选择是对还是错，不过她只是单纯地希望梁树能够幸福，"拿着这些钱，买个房子，买辆汽车，好好和诗音过日子，有空就回来看看妈妈和弟弟妹妹，知道了吗？"

　　"知道了，妈。"梁树看着静锐眼中的晶莹，依稀回到了那一天，一切尽在不言中，有的时候亲情就是这样的一种神奇的存在。

　　回去之后的梁树依然忙碌，而大饼也开始准备找工作了，毕竟有了明确的未来，那就要为之而奋斗。尤其房价几乎以每天"升空火箭燃油无限的动力"在成长着，"安个家"这个事情看起来越早完成越好。

　　"诗音……"大饼让梁树现在这么叫他，毕竟这名字很不错，而且跟古龙先生所著《多情剑客无情剑》中女主角的名字相同，是"父亲"给她起的。大饼最喜欢的影视作品也是根据这部小说改编而成的《小李飞刀》，焦恩俊先生饰演的"李寻

永不放弃

欢"也是记忆中最帅的古装男神，那个唯一能够驾驭"泡面"头的神奇男人。

"怎么了，大树？"大饼觉得梁树就是她的"大树"。

"你最近先不用找工作，拿着这个，密码是你的生日，到处看看房子吧，我觉得我们需要安个家。"梁树直接把银行卡给了大饼，真诚地说着。

"大树……"大饼很感动，可是她转念一想，梁树的收入她是大概知道的，目前的房价她也是大概了解的，如果不抓紧买以后更买不起这些现状她也是明白的，"啊……"大饼刚想表达自己的想法，转念一想，梁树也是一片赤诚，她不忍心打击梁树，所以最后只简单回应了一句，"知道了，大树。"

大饼本来心想着梁树因为工作太忙，所以对于其他的事情没有精力了解，估计对于房价也不明白，所以就先答应着，回头慢慢计划，因为只要两个人在一起，就什么都有希望。然后这个念头在她去查询了余额之后彻底蒙了，她第一反应并不是梁树的真心，因为她早就知道梁树对她的真心，而是怎么会有这么多钱？是怎么回事，该不会发生了什么事吧？

大饼也听过有个行业叫作"医药代表"，而且还有句话叫"十个劫道的不如一个卖药的"，很多人谈起这个行业都充满了不屑以及好奇，甚至连医生也跟着受到了质疑和影响。

"不行，我要找梁树问个清楚！"大饼决定了。

"哈哈……"没想到听了大饼的疑虑之后，梁树反而笑了起来，"诗音呀诗音，要是别人问起我，我肯定会特别生气，不过既然你想知道，那我就跟你好好讲一下吧。"

第三十八章　梁树的另一些朋友

"你知道我一个月大概赚多少钱吧？"梁树问着。

"当然了。"大饼对于梁树一个月几千元的收入，工作一年不吃不喝不出门攒下来但还是连不怎么好的地段的一个卫生间都买不起的收入很了解。

"你也知道我的学历吧？"梁树继续问。

"是呀。"大饼虽然不知道梁树问这些干什么，但还是回答着。

"你还知道我现在正在学习又在考博士之外，还要经常去更大的医院，甚至国外学习更多的医学知识吧？"梁树还问着。

"对呀，你不是说过吗，人体的复杂程度太高，所以医学不断进步，从医的话就只能这样地忙碌着，学无止境呀。"大饼倒是对梁树说过的事情很了解。

"所以教材、学费、路费等一系列的费用，你看看我的工资，都不够的吧？"梁树虽然还在问着，但是已经有一些结论性的内容在里面了。

"是呀，"大饼之前还真没想过这个问题，也只是今天突然看到这么多钱才问问梁树，"所以你也跟医药代表有来往？"大

永不放弃

饼干脆就一起问了。

"我稍后回答你，因为我再问你最后一个问题。"梁树看着大饼说着，"如果你感冒了，即使你不是医生，你想想，是不是一下子就可以想到至少 10 种感冒药，并且都有效？"

"嗯……"大饼稍做思考，"是的。"

"对于非医疗体系内的人尚且如此，那对于我们医生而言也是这样的。"梁树耐心地解答着，"同一个病人的病症我们应对的方法会更多，使用的药物选择也更多，而且最优方案也都不会少于三个，只不过病人没有相同，所以选择的治疗方案或多或少也都会有些差别。"看着大饼听得很认真，梁树继续说，"我们作为医生，我相信所有的同人都会以疗效为先，但是在众多可选择的前提下，这个时候就体现出医药代表的作用了。"

"那是因为谁给的好处多吗？"换作大饼发问了。

"这只是居最末端的一个因素，正如我所说。第一，肯定看的是疗效！"梁树回答着。

"那第二呢？"大饼开始好奇起来。

"第二，我们会选择专业性高的医药代表，因为他们本身也对他们负责的药物十分了解，毕竟是药能治病就肯定也有副作用或者禁忌，这个时候他们如果能够及时跟我们沟通，我们就会对药物更加有信心。我们每天需要查房、收病人、学习等无数个事情，可是成千上万种药物我们还是都熟悉得跟家人一样，但总有一些新药上市，他们的治疗效果更好，但是我们也需要学习，这个时候专业的医药代表就会让我们更有信任感，从而对他的药物更加信赖。"看着大饼又要发问，梁树直接继续说，"第三，就看医药代表能够给我们提供相关的帮助了，但不是你想象的那样，而是由他们来创造我们更多的跟其他医院、外地甚至国际医生交流学习的机会，并且有很多企业都是这样操作的。"

"所以，他们能够满足以上几点的，就的确是我的另一类朋友。"梁树顿了一下，给了大饼答案。

第三十九章　初吻

　　"是只有你这样，还是所有医生都这样呢？"大饼明白了，但被梁树突然说得有了兴趣，想多了解一些。

　　"是所有还在坚持着的医生！"梁树回答得十分肯定，"也许有时会听到有些医患之间发生了矛盾，或者收受了非正常收入。但即使是那部分医生，他们只要还在医生这个行业，就证明他们的执着。"梁树顿了一下，"你想呀，对于医生而言，本科毕业就等于失业，必须要是硕士及以上学历才可以上岗，而且初始每个月的收入十分微薄，最主要是像你理解的那样，医药代表对医助、住院医生，甚至是主治的帮助都不会太大，副高又是天时地利人和综合的机会，可如果这些阶段没有更多的学习交流机会，那就不可能再往上走成为副高级别的，每个月的工资可能连一个月房租都不够，很多最终能够有独立处方和上手术的资格医师，年纪都已经不小了。每一位医生在最好的年华付出那么多劳动，为的是什么？如果真的只是为了钱，那我可以坦白告诉你，有很多医药公司招聘医生过去工作，给出的薪水相当不菲；就算不做医疗相关的，利用这些时间与精力去做别的行业，也不会仅仅只是这些收入，所以依然坚守穿着白大褂的，必然是经受住了诱惑，有所坚持！"

"所以医生既是人，也是神。"大饼嘴里蹦出来这样一句。

"不，诗音，你说对了一半。"梁树极少数地否定了大饼，"为什么房价不停地涨，开发商违约大家习以为常；银行在支付宝和微信出现之前办事效率低，大家却忍气吞声一样，反而是如果医生与教师出现一点点'人'方面的行为，就会被千夫所指！只是因为大家过度地理解了我们的行业。不是所谓的悬壶济世、桃李芬芳就能够脱离俗世了，医生也是人，也有七情六欲，也需要吃饭睡觉，也会生病更需要赡养父母和自己的家庭。"

"所以应该说医生也是人，不是神，"梁树平静地说，"这样更为恰当。"

"对不起，梁树，就连我都会问起你，也会不理解你。"大饼突然觉得有些歉意。

"别这么说，诗音。"梁树眼里充满了柔情，"其实能够跟你倾诉这些话，反而让我舒服了很多，我应该感谢你才是呢。"

大饼听着梁树的声音抬起了头，正好望到梁树的眼睛，第一次感觉到了那里面不再只有平静，而是一种快要将自己融化了的温度。就连梁树那长长的睫毛也盖不住这种炽热的感觉，大饼不禁闭上了眼睛。

没有广场的围观、没有人声的喧闹，也没有山盟海誓的言语。

大饼和梁树，就在梁树空间局促的出租屋里，在 5W 的节能灯泡下，彼此献出了自己的初吻，甚至忘记他们晚上吃了大蒜。

梁树本来不相信什么"热恋期的情侣在对方身上会忽略掉

气味、颜值、智商"这样的理论，或者他根本不相信自己的激素水平会被外在的事物所影响，可爱情就是这样神奇。梁树甚至能够感觉到自己已经跳过了"苯基乙胺"以及"多巴胺"的阶段，直接来到了"内啡肽"的奇妙体验。

　　"不对不对，"梁树心里想，"我的感觉不对！"

第四十章　梁树是个"禽兽"?

"我并没有跳过什么，而是'苯基乙胺''多巴胺''内啡肽'同时出现了!"梁树真的连接吻的时候都不忘记医学相关的常识。

大饼倒是没想那么多，只觉得脑子一片空白，血噌噌地往脑袋上面涌着。有点像那天她勇往直前滚爆雷阵的眩晕感，然后受到嘉奖，可是后来同组的战友都发展得很好，唯有自己离开不舍的队伍，然后遇到了梁树，梁树多好呀，总是让人感觉到安静，还要买房子啦!

"买房子?"大饼心里突然出现这个念头。

"大树，那银行卡上的钱到底是怎么回事?"大饼推开了梁树，才发现此刻梁树的手放在她的胸部上，而她的手则是一只推着梁树，另一只紧紧地绕着梁树的脖颈，绝不放手!

"啊?"看着不知是因为害羞还是什么，脸庞有些红晕的大饼。梁树赶忙把手抽了回来，再依依不舍也是性命重要呀，他可是听说过大饼的武力值，这一个巴掌过来，估计他要住"半个月"院了。

"装什么装呀?"大饼一出口才觉得这话在此刻的情境中有些

永不放弃

歧义，"嗯哼，"大饼咳了一下，"我是说，你装什么糊涂呀?"

"我不装糊涂，大丈夫既然亲了你，肯定会负责到底的!"梁树信誓旦旦地说。

"你……"大饼被梁树的话弄得又一阵心跳加速。

"男人是不是都这么坏?"看似君子之风翩翩的梁树怎么也这样，大饼心里念着，同时惊恐地看着又要凑过来的梁树。

梁树心里也在念着这句话，觉得自己今天这是怎么了，但是看着一脸惊恐的大饼，心里莫名地有一种想要扒光并且狠狠蹂躏的兴奋感。

大饼感觉到梁树越来越近了，近得能够感受到他温热的呼吸，那气息吹在脸上，竟有种异样的舒适感。她想反抗，可感觉浑身上下没有一点力气，只能因害怕而又闭上了双眼。

这样的动作对于梁树而言，简直是莫大的刺激，大饼的双手"用力"推在他的前胸上，那绵软的力气恰到好处地让梁树无比舒畅，而大饼闭上双眼紧咬嘴唇的动作直接促使梁树化身成为一只"禽兽"。

一只连节俭都忘记的"禽兽"，因为他正在边亲吻大饼，边撕扯大饼的衣服，都撕坏了，这要放在平时，俩人肯定要心疼得不得了。不过此刻衣服碎裂的声音在耳畔萦绕，混淆着俩人越发粗重的呼吸声，反而让大饼也重新焕发了力气，只不过这力气不是用来推开梁树，而是琢磨着"你敢撕我衣服，我也要撕你的"!

大饼早就听说骨科医生的力气不容小觑，这下真的领教了，因为梁树不会解内衣，所以对付内衣也是用撕的，可内衣的弹性很好，被梁树拉了老高之后没撕开，一松手:

"啪"的一声，弹得大饼吃痛!

"你这个'禽兽'!"大饼大喊一声十分生气,如果说刚才大饼的力气恢复了七分,现在直接"满血复活"了,不过也只是加快了大饼撕衣服的速度而已。

第四十一章　疼！

　　"啊！"随着梁树一声惨叫，不是呻吟！这场战斗直接以梁树的惨败而结束，因为大饼此刻正攥着梁树的"命根子"。

　　大饼撕得上瘾，正巧抓住梁树已然硬邦邦的"命根子"，用力一握。这一下真要了命了，大饼的力气多大呀！幸好这东西是海绵体，不过也着实让梁树脑子瞬间清醒的，而大饼虽然没有经历过，但也明白自己刚才做了什么事情，毕竟她已经打算跟梁树在一起了，所以这可是她"下半生"的幸福呀，她也开始担心起来。

　　两个人你看着我，我看着你，都有点尴尬。虽然此刻大饼很性感，但是梁树因为"痛"还是选择按捺住心中那团火焰，大饼看着近乎赤裸的梁树，也有些不好意思起来，尤其是她不小心"弄伤了"梁树，所以她想去看看梁树怎么样，可是凑过去才想到，这个患处的位置有点特别。

　　梁树看着又凑近的大饼，下意识地往后躲了躲，看来依然心有余悸。不过他看着大饼关切的眼神，安慰地说道：

　　"诗音，放心吧，我没事，不过今天可能没有办法继续了。"梁树说到后半句的时候，难掩失望之情。

"什么呀，看来还是不疼，还想着那个，谁想跟你继续。"大饼看梁树应该也没有什么太大关系，所以还有些羞涩起来。

　　这反而撩拨了本来平静下来的梁树，但念头刚一产生，"命根子"就开始充血状态，随之他感觉到了撕心裂肺的疼痛，这毕竟不是一时半会儿就可以减缓的。

　　大饼也发现了梁树的异样，不禁又好气又好笑，不知为什么还有些窃喜，忍不住笑出了声。

　　"唉，都说第一次会痛，看来是真的。"梁树也有些窘，开始自己调侃起自己来。

　　"没事，这次是你，下次就是我了。"大饼本来只是觉得梁树可怜，想安慰一下，结果话一出口就感觉哪里不对了。"不说了，不说了，赶紧睡觉吧。"边说边把中间的帘子又拉了起来。

　　大饼后来没有再问过梁树银行卡的事情，梁树也没有再提过，这算是一种默契。大饼只是按照梁树的盼咐到处看房子，梁树的工作依然忙碌，本来有时候大饼还会问问梁树意见，后来发现梁树完完全全让大饼拿主意，大饼就不再问梁树了。

　　大饼很好奇为什么房子都是一片空地的时候就开始卖了，她走了一家两家许多家，发现最快的也是付了钱之后 3 年内能住上，而似乎每天售楼处都不缺人购买，有时候她看上的房子犹豫了一下，第二天再去问的时候就已经卖了，就算没有卖，第二天和第一天价格就来个"大变化"也是常有的事儿。

　　大饼终于明白为什么梁树让她先不要上班专门做"买房子"这件事情了，这还真是个"匠活儿"，不比每天练武轻松多少。后来不擅长写字的大饼还密密麻麻记了一本子的"房子信息"，

永不放弃

梁树每天晚上看见大饼跟他一样，拿着个本子涂涂改改，学习和研究，就觉得有些想笑。大饼那认真的模样，让梁树感觉到同样的安静、安稳、安心。

第四十二章　此生最美的风景

　　坚韧的大饼从小到大没有觉得什么事情困难过，这是她第一次体验到了这种感觉，不过还是最终确定下来了几套方案：

　　方案一，选择离梁树医院近的，这里也靠近市中心，但只能选比较小的房子，而且还要背负金额不菲的贷款；

　　方案二，选择临近郊区的，上班不那么辛苦，又能住得大一些，不过也有"压力山大"的贷款；

　　方案三，选择远郊的，虽然上班辛苦一些，但能选择大一些的，只用背负压力不大的贷款即可；

　　方案四，选择远郊的，选择最大的户型，同样的，也要背负直至老年才能还完的巨额贷款。

　　这次梁树参与了意见，两个人讨论了很久，最后决定选择方案四。倒不是两个人非要憧憬多么大的房子，而是他们想把静锐和孩子们接到城市里面享享福，而且这附近有一家驾校，大饼在部队的时候开车技术非常好，也方便大饼工作，梁树说他远点没关系，来回坐车的时间也不会浪费，可以拿着工具书随时学习。另外，还有一个最主要的原因，是因为这个小区是现房而且带装修，他们用了静锐给的钱之外，又东拼西凑的，实在没有再负担房租的能力了，更别提装修的费用了。尽管小区周围连个正经八百的超市都没有，而且四面依然是正在建设的房子，建筑垃圾也不少，可两个人在收房子的当天还是兴奋满满，觉得站在房子里看那一片狼藉的街道以及眼前的对方，就是此生最美的风景！

"妈妈，这个是什么呀？"

"妈妈，那个又是什么呀？"

"妈妈……"

梁树因为工作太忙，所以大饼做了第一个月工作之后就独自去接了静锐和孩子们过来，甚至没有跟梁树商量，唯一跟梁树说的就是：

"大树，这几天你辛苦一些，住在医院值班室吧，要不然孩子们来了你也没有地方住。正好也顺便跟同事换换班，把班调好之后，陪我回我家乡一趟吧，见见我的父母，好吗？"大饼跟梁树"商量"着，梁树早已经听大饼讲过她的身世，知道大饼的"父母"对她有多么重要。所以就算大饼不提，他也琢磨什么时候去一次呢，自然想都没想就满口答应了。

孩子们虽然多，也充满了好奇心。包括电梯、小区的活动场地、高层的眺望等，对于这些孩子都是新鲜的。可他们乖巧听话，也不会有太多的麻烦出现。大饼更是带他们坐了旋转木马、去了自然博物馆和吃了很多小吃，这群孩子都觉得像做梦一样，晚上的时候横七竖八地躺了一地，每一个孩子都睡得那么甜。

驾校的教练们别看平时对学员呼来喝去的，但是他们也都有善良和温柔的一面。只是每天与冰冷的汽车打交道久了，而且也没有经过"如何系统教学"的培训，所以才促使经过驾校洗礼的每一位驾驶员清一色的差评，其实人都是两面性的。在他们知道大饼的情况之后，买了很多零食给孩子们，还因为工作方便开着汽车带着孩子们兜风，也从来没有表现过任何的不耐烦。

但没想到的是，就是这群听话懂事的孩子，让静锐、大饼、梁树的命运就此改变。

梁树，再也没能去大饼的家乡！

第四十三章 等着梁树的人

孩子们有的还要上学，静锐就带着孩子们回去了。看着这几天连续值班的梁树一脸憔悴，大饼难免有些心疼。

"没事的诗音，之前有时候下夜班不也是经常有手术，然后立刻上台吗，我早已练就了钢筋铁骨了。"梁树看出了大饼的关心，急忙安慰着说。"这周我安排的手术不多，有个答辩，所以相对轻松一些，下周我们就去你家看咱爸咱妈。"

"什么咱爸咱妈，"大饼有点羞涩，"你太累了，要不然再缓缓？"

"不用不用，我已经跟领导请好假了，商定好了就一定要回去，要不然指不定又有什么事儿呢，医院的事儿忙不完的。"梁树很坚定。

大饼也没有再说什么，有的时候这种爱，比钻戒、包包和旅行更隽永且值得珍藏。

接下来就是等待回家的倒计时了，梁树像往常一样去上班，只是没想到病房里面有一群人在等着他。

"梁医生，别上楼，快走吧。"梁树等电梯准备回病房的时候，被同科室的小护士拦住了。

"小盈?"梁树第一次用疑问的方式跟同事打招呼，"怎么了?"

"梁医生，你之前那个因为骨肿瘤截肢的病人带了好多人来病房找你。"小护士陈述着情况。

"你说苏强?"梁树的病人很多，但是他对这个病人印象很深刻。因为这个病人截肢后有一段时间有些妄想，认为是梁树有意"加害他"，还用什么"我是站着进来的，凭什么躺着出去"之类的话来闹事，对梁树的骚扰的确很严重。但是他的家人还算配合，后来也没再来过，所以梁树也没有放在心上。

"是他，他又来了，而且他们好多人一起来的，闹着说要找你。"小盈看着梁树，比梁树还着急，"梁大夫，你赶快走吧，还在这干什么呀。"

"不行，我要上去看看，"梁树上了电梯，"事情总是要解决的，我就不信我救过的人会怎么样我!"

"看看，那个庸医过来了。"苏强随行的人看见了梁树大叫着。

梁树有些心理准备，不过还是意外居然黑压压的这么多人。看着这些人朝着自己走过来，他多少意识到问题的严重性。不过，他并没有觉得有什么恐惧。

"你这个庸医，我爸爸明明是肺部有肿瘤，你当初干吗截肢我爸爸的腿，现在又耽误了治疗，你知不知道，你这是谋杀?"一个 30 岁左右的男子在人流最前方朝着梁树喊着。

梁树记得这个男子，他是苏强的儿子苏洺同，之前他还帮忙劝他父亲回去呢，今天一上来就这样一番话，弄得梁树有些云里雾里的。

第四十四章　那你的钱哪来的？

"你看过电影《滚蛋吧！肿瘤君》吗？"梁树弄明白了怎么回事后耐心解释着，"肿瘤都是会转移的，所以您父亲目前的情况虽然是我们所有人都不希望的，但现在这种情况建议尽快接受治疗，也希望您以及家人都可以冷静。"

原来是苏强后来身体又出现了异样，结果去医院检查发现肺部有肿瘤。本来也没有什么关系的，可不知怎么的，静锐带着孩子们回去，孩子们到处说自己的大哥在大城市里买了大房子，还有个嫂子特别好带着他们吃和玩，所以大一点儿的也都立志要做医生，以后好照顾弟弟妹妹。然后一传十，十传百，苏家的势力很大，最后就传到了他们的耳朵里，苏强也知道了。这下可"炸了锅"，苏强开始跟家人旧事重提，说梁树就是为了赚钱，所以才给他截肢，本来也是肺的毛病等。苏洺同将信将疑地找人开始详细调查梁树，发现梁树即使曾经是"镇状元"，名校毕业，而且是外人看起来光鲜亮丽的医生，可是收入并不高，而他的身世更是一名弃婴而已，静锐和孩子们更是远近闻名地过着苦日子，所以他的钱是从哪里来的？

"如果你说你不是为了赚钱，那你说，以你的收入情况，买了大房子，你的钱是从哪里来的？"苏洺同开始质问梁树。

梁树刚想张口说明情况，可转念一想，不能说这是静锐给他的呀。

不过这欲言又止的行为无异于"火上浇油"，就连苏洺同也确认了梁树肯定是为了赚钱才对自己的父亲做出了那样的治疗方案。

"你们不要这样质疑甚至诬蔑梁医生，"不知是谁说的，然后马上七嘴八舌地都开始说起来：

"对呀，梁医生在我们这里口碑很好，你们可以看看办公室里面挂有好多送给他的锦旗。"

"是呀，梁医生每天尽心尽力地照看病人，有几次我跟他一起上手术后，他下来就站不稳了。"

"我是梁医生的老病号，梁医生对待病人很好，你们不可以这样对待梁医生。"就连有的围观病人也开始站出来说话了。

"好，那我就一个问题，他买房子的钱是哪里来的？"苏洺同发问说。

"他前段时间问我借钱来的。"

"他也问我借来的。"

"也借我的来的。"

梁树松了一口气，他从来没想到"到处借钱"这件并不算光彩的事情，会在今天帮助他，尤其他问了很多人借，虽然每个人借的不多，可苏家并不知道具体金额呀。

"啊，梁树也问你借啦？"

"是呀，原来也问你借啦？"

"估计梁树不止在医院借了吧，他外面也有朋友，没准也向他们借了。"

永不放弃

"哎呀，买个房子真不容易呀。"

"听说最近房子又涨啦。"

"是吗，你家去年买的那套房子是不是又涨了？"

"哎，你家那套现在卖了是不是能赚一笔了？"

"不能卖呀，卖了住哪呀，再卖也还是买不起呀！"

"哎呀，真够后悔的，当时怎么没和你一起买呢。"

人群中七嘴八舌地讨论起来，而且主题越来越"跑偏"，此刻苏家就好似当年的"三毛、哪吒、金刚葫芦娃"（取自赵本山先生春节联欢晚会小品台词）——哭笑不得。

第四十五章　我一定不会放过你！

　　"你们不要再说了，真当我们是傻子吗？"苏洺同有些焦躁，"只靠借钱就可以在这个城市买房子？你们认为这可能吗？"

　　"当然不可能了，但是这么多年人家不知道攒点儿呀。"

　　"可不是吗，梁医生又不是没有工资。"

　　"听说梁医生这么多年对象都没找，钱可不就是都攒下来了吗。"

　　人群中又开始七嘴八舌起来。

　　苏洺同感觉到有些无奈，这跟他来的时候想的完全不同。他以为在这样的社会氛围里，肯定都是人人自保的，他和父亲还有其他人一起气势汹汹地过来，肯定没有人敢出来管这个事情，到时候梁树这边他们还不是说怎么办就怎么办。可他没想到梁树的口碑竟然好到这种程度，到了这个地步，他也不敢闹下去了，毕竟除了医务人员之外，就连病人以及病人家属也在帮梁树。如果闹大了，尤其是在几乎所有人都帮梁树说话的前提下闹大了，结果对自己的家族肯定也是不利的，毕竟家里最具威严的爷爷，最在乎的就是家族的名声。而更为重要的是，他这会儿都想明白了：梁树对于父亲的诊断也的确没有任何问题！

"爸爸，咱们先回去吧。"苏洺同同苏强耳语了一下。

"不行不行，他是谋杀，他就是想害死我，我一定要让他进监狱，让他被判死刑。"苏强开始丧心病狂地大喊大叫起来。

这样一下子更让在场的所有人坚定了这个人就是想来诬陷梁树的想法，这些行径明显有些"精神不太正常的味道"在里面。人群中又开始议论纷纷起来，明显都是在指责苏强一家，而且还有些讥笑的味道在里面。

在这样的氛围里，苏强更加激动，苏洺同想推着轮椅离开，但是苏强一把推开了自己的儿子，双手扶着轮椅竟然站了起来，向着梁树的方向扑了过去。然后，趴在了地上，再没有任何声响。

"爸爸，爸爸，爸爸?!"苏洺同第一个冲到苏强旁边，发现苏强已经失去了意识，更主要的是，他的呼吸也不太正常。

"赶忙急救！"反而是梁树第一个喊出了这句话，并且急忙上前想施以援手。

"不用你！"苏洺同抬起眼睛恶狠狠地看着梁树，"这么多医生，不用你这个庸医！"

梁树无奈地微张了一下嘴唇，还是选择低下头看着其他医生去抢救苏强。

"如果我父亲有什么事情，我一定不会放过你的！"在一通忙碌之后，苏强已经上了担架被抬到相应的科室，梁树出于担心还是去看了一眼，可苏洺同经过梁树身边的时候，却留下了这样的一句话。

当天下午，苏家就得到了噩耗：苏强去世了！

第四十六章　苏洺同的计划

　　梁树在下班之前，也得到了这个消息，心里难免有些不舒服。他打算去对应的病房安慰几句，被他的同事劝住了。梁树想了想，估计苏家也正在悲恸中，而且对他也在气头上，估计他过去也起不到什么正面作用，于是就回家了。

　　大饼感觉到今天梁树有些闷闷不乐，但也没有多问。

　　"梁树如果想说自然就会说的。"大饼心想，只不过她没有等到梁树亲口告诉她发生了什么事。

　　第二天两个人照常去上班了，梁树刚到医院，就有人告诉他苏家人已经离开医院了。

　　"应该是回去办理苏强的后事了吧。"梁树脑中一闪而过，但他因为下周要陪大饼回趟老家，所以工作很多，忙起来也就慢慢顾不得了。

　　大饼今天驾校有约了晚间班的，所以她送走最后一个学员的时候已经是晚上了。这边比较荒凉，连带她们小区目前人气也不是特别旺，她一般都是骑自行车回家，可今天在她经过的路上多了几个"等待她的人"。

　　大饼远远地看见有几个男的在路边抽烟打闹，她也没在意，

永不放弃

因为她和梁树要还贷款，没有工夫欣赏这些无所事事的人。可就在她经过这些人身边的时候，他们中离大饼最近的人一脚朝着大饼的自行车就踹了过来。

大饼没有想到有人会来这么一手，吃了个亏，摔倒在地上了。

"哈哈，带着这小妞回去交差啦！"这帮人以为大饼是一般女孩呢，说笑着走向大饼。

不过大饼是什么人呀，她马上意识到这些人是冲着她来的，而且感觉这些人对她没有什么防备，她先假装摔得动不了了，等着这帮人把自行车拿走的时候，她直接在最短时间内将这帮人"解决掉"，然后马上拿出手机拨给了梁树！

"喂，诗音。"听着梁树那边没什么事，大饼放心了，她觉得自己应该没有什么仇家，那这些人是不是跟梁树有关？

"哦，没事，大树，你在哪呢？"大饼觉得需要马上见到梁树，电话越短越好。

"我在家呢。"梁树觉得有点莫名其妙。

"好，你到家楼下自行车棚里找个角落等我，我马上到。"大饼说完便挂了电话。

"怎么了，诗音？"梁树虽然不明白怎么回事，但基于信任，他还是按照大饼的要求做了。

"大树，我刚刚被几个人袭击了，感觉他们想绑架我。"大饼觉得有必要直截了当地尽快陈述以便制订计划应对后续的威胁，"你最近有没有得罪什么人？"

"啊？"梁树这一惊非同小可，他立即用最简洁明了的语言给大饼说了一下苏强、苏洺同父子的事情。

"快，我们尽快通知静锐阿姨，她有危险！"大饼听完立刻意识到苏洺同想要做什么了!

"什么?"梁树赶忙边拿出手机给静锐打电话边问。

"他是想伤害你身边最爱的人,从而伤害你!"大饼说出了答案。

第四十七章　我想让你死，你愿意吗？

　　大饼说得没错，苏洺同此刻听到手下汇报他们绑架大饼失败十分生气，不过他也重新评估了梁树的这位女朋友，他开始找人着手调查大饼。

　　"什么，你说这个叫宋诗音的是一位女兵，而且几乎每项成绩都是所在部队的第一？"苏洺同拿着报告有些惊讶。"然后有一段她的军旅经历查不到？"

　　"是的，苏总，消息确认过了，肯定无误。"电话的另一边回复着。

　　"好的，我知道了。"苏洺同放下了电话，他陷入了沉思。当初因为苏强想要锤炼他，所以送他也到部队洗礼过一些年头，作为有着同样经历的苏洺同，自然明白大饼后面的经历查不到是因为什么——她肯定通过超乎常人的考核，成了一名特种兵！

　　"看起来梁树还真的不好对付。"苏洺同自言自语了一句，毕竟没有人愿意惹上特种兵的。"难道就这样了结了？"苏洺同一闪而过这样的念头。

　　"不行！"苏洺同掀翻了面前的茶几，也同时对自己吼出这两个字。

"怎么了，小树?"静锐那边接到了梁树的电话，"这么晚给妈妈打电话。"

梁树和大饼自然不知道苏洺同那边的事情，其实他们的担心是对的，如果不是苏洺同调查了大饼的经历，暂时不敢贸然出手，可能他真的已经在对付静锐了。

"没事，妈，就是想你了，看看你在干吗呢?"梁树听到静锐没什么事情，就顺口说了一句。大饼在一边很奇怪：

"难道自己猜错了?"大饼心里念着，她根据梁树的描述，了解到这个苏家势力不小，按理说如果开始对付静锐的话，这时候应该有所动作了，"看来应该没事了?"

"不对，根据梁树的描述，袭击自己的时间上恰恰好，肯定还是哪里不对劲!"大饼想到这里对梁树说：

"大树，你们医院病人资料应该都有吧，苏强是你的病人，所以家属的电话你应该找得到吧?"

"应该可以的。"梁树沉吟了一下回答说。

"好，我们现在就去你医院找一下苏洺同的联系方式。"大饼决定想不通的事情不必想，有问题就要面对才行，她打算直接找到苏洺同问个清楚!

"你好，梁医生!"苏洺同接起了电话，尽管这号码是第一次接通，但他早已将梁树包括电话号码在内的很多信息调查过了，所以并不陌生。

"苏洺同先生你好，对于您父亲的事情我感觉很遗憾，可是……"最终还是梁树打了电话，大饼本来要主动联系的，可梁树说他要自己来解决，大饼也就没说什么。

"你少提我父亲，可是什么可是!"苏洺同一听到梁树提及苏强立马打断了梁树的话，"你不用问了，的确是我!"接到这个电话的时候，苏洺同本来还想先礼后兵的，可他想到了大饼，觉得否认也没有什么必要。

"那你想怎么样呢，我怎么配合你让这件事情有个了结呢?"梁树倒是很意外苏洺同竟然直接就承认了。

"我想让你死，你愿意吗?"苏洺同恨恨地说着。

第四十八章　梁树上擂台！

大饼在旁边听到这句话，气就不打一处来，手伸过去要把梁树手里的电话接过来，被梁树一个眼神就制止了，再厉害的大饼，也有唯命是从的时候。

"联系我应该也不是你的主意吧？"苏洺同问着，"如果是你，可能都还不知道怎么回事呢，你还是让你那个女朋友接电话吧！"

"……"梁树有些无语。

就大饼的个性而言，早就想把电话拿过来了。不过这次她选择在旁边静静地看着梁树，她明白梁树自小的生长环境决定了梁树责任心强、有担当的个性，所以她要尊重梁树的意思。

"你还敢提她？我告诉你，你要是再敢伤害她，我一定不会放过你！"大饼和苏洺同都没想到梁树会冒出这么一句话来，这跟梁树平时的性格不符呀！

"……"苏洺同先是愣了一会儿，"哈哈哈哈哈，好啊，我倒要看看你是怎么不放过我的！"苏洺同也经受过良好的教育，而且颇有城府，可毕竟从小养尊处优，缓过神来感觉自己被这样威胁，反而激发了他的战意。

大饼在一旁有些着急，因为她担心如果激怒了苏洺同的话，苏洺同会开始对付静锐，尤其是静锐还带着一群孩子呢。

大饼想得没错，苏洺同的确心里开始盘算着这件事情。当然，他不会说出来的，可接下来他被梁树逗笑了。

"你，你，你！"梁树有些激动，"我会跟你拼命！"

苏洺同差点没笑喷出来，别说自己家的势力梁树比不了了，就连一对一梁树肯定也不敌在部队训练过的自己呀，好歹那时候自己的搏击成绩排在第一位呢！

"好，那我就给你这个机会！"苏洺同突然盘算出一个绝好的计划，这计划肯定比欺负那些老幼病残强多了，"你不是想解决这件事吗，我们就擂台上见，如果在所有回合都结束的前提下你还没倒下，我就不会再找你和你家人的麻烦！"

"好，那就一言为定！"梁树也被激发出了男人的血性，一口便答应了。大饼在旁边一时间觉得自己的男人有勇气、有担当，值得为之骄傲；可同时又开始担心起来，梁树哪会打架呀？

"10天的时间，一言为定！"苏洺同说完便挂断了电话，他找到了最合适的机会——他要组织一场正规拳赛，在合情合理的范围内，将梁树的身体与自信打入地下，让他永世不得翻身！

"你怎么这么冲动呀！"大饼刚想说这句话，可又生生憋回去了。"大树，你不是正好请假了吗，咱们先不回我家了，利用这段时间好好训练吧！"大饼知道，这个时候只有全力支持梁树的决定，才是她应该做的。

梁树轻轻点了点头，他不知道自己将要面对的是什么，但是他也明白苏洺同既然提出这样的方案，肯定就是有所持的。

但是此刻他反而一身轻松：

自己的家人和朋友不会再受到这件事情的影响，作为一个男人，不就应该这样吗！

第四十九章　梁树的训练

　　苏洺同这次宣传的力度很大，几乎全市的人都知道本市最大医院有个医生要上擂台，梁树一时间成了"名人"。苏洺同虽然当年训练时也很刻苦，但是后来疲于工作，沉于酒色，尽管空闲时间保持锻炼的习惯，而且估计对付一些普通人还是完全没有问题的，可依然不敢掉以轻心，甚至把公司的事情都推掉了，专心请了不同的名家训练自己。唯一能够分散他精力的，就是尽量扩大宣传力度，他深知一个道理：

　　捧得越高，摔得越重！

　　他要在关注度很高的前提下打得梁树投降认输，让梁树从此以后再无法立足，真正做到让对方"活着比死了更加难受"！他之所以定了 10 天也是觉得自己在这段时间做准备就足够了，并且不给梁树太多的时间准备，毕竟他身边也有"高手"可以训练他。他甚至开始想象着在擂台上如同"猫捉耗子"一般戏弄追赶梁树，还幻想着梁树跪下求他饶了自己，让梁树窘相尽出，估计连女朋友也会离开他，以后他那个"家"里的弟弟妹妹怕是也要笑话他吧。

　　苏洺同越想越兴奋，甚至有些忽略了一开始的目的，就是一种单纯的变态虐待心理作祟。

　　大饼训练梁树的进度也在有条不紊地进行着，梁树很好奇为什么大饼并不训练他怎么打别人，而是天天带着他做些跑步、跳绳、翻轮胎之类的运动，甚至大饼也总是自己在看拳击录像，也不带着他看，而是让他继续重复做这些训练。但是他全部照做，因为他相信大饼自然有她的安排。

　　其实大饼明白任何体术的提升绝对不是一朝一夕的事情，尤其是她的攻击手段也并不一定适合擂台，所以尽快提升梁树的体能、敏捷和爆发力这些基础性的东西反而对这次"战斗"更有意义。幸好梁树作为骨科医生，本身底子也不差，加上梁树多年生活规律、习惯良好，所以即使高强度的训练，梁树也还是咬着牙坚持住。大饼则是每天研究拳击方面的录像，想找到适合梁树的攻防战术。

　　"这战术一定要简捷有效，而且适合普通人。"梁树这种从来没上过擂台的，如果战术太复杂，上去了一挨揍就全都忘光了。估计只会胡乱挥拳被对方抓住破绽，成为笑柄，这也是大饼一直不教梁树如何攻击的原因之一。防守也是如此，没有经验的人一旦被揍了几拳之后估计早就乱了步伐和姿势，只觉得怎么防都要挨揍还不如就跟对方拼了呢，然后乱打一气。其实这就是普通人跟专业人士最大的区别：战术执行力根本做不到位！

　　大饼想到这里，接下来的几天干脆也不看录像了，只是专心陪着梁树一起训练。梁树做什么她就做什么，甚至有时候她比梁树做得量要更大。她明白，这个时候，梁树更需要的是精神力量！

　　其实，大饼当然不会仅仅只是在精神层面支持梁树，因为她还是想到了对应的办法。

第五十章　大饼的战术

　　大饼暗自分析过苏洺同做这么多事情，肯定不会只是想简单地击倒梁树——而是羞辱他！那么苏洺同就一定会将梁树留到最后一个回合。拳击一共分为职业拳击、业余拳击、WSB 拳击以及中国拳击，它们回合的时间统一都是三分钟，但是回合数有所不同：职业拳击新手是 6 个回合，一级拳手就要打 12 个回合了；而业余拳击是 3 个回合；WSB 是 5 个回合；至于中国拳击则是 4 个回合。但这都是次要的，最主要的是职业拳击和 WSB 拳击是不戴护具的，而且拳套很薄，估计苏洺同不会选择这两种：第一，这比赛不是他说能办就能办的；第二，他如果想多折磨梁树一些时间，选择这两种拳击控制不好的话梁树可能上来就被 KO 了。那么 3 个回合的他估计也不会选，所以他一定会选择 4 个回合的！根据梁树的描述，大饼了解到苏洺同身高比梁树矮了大概至少 5 厘米，不过体形很相似，所以梁树一定要在她专门制订的训练内容上有所突破。这样在最后一个回合的时候，在对方也有些精疲力竭并且掉以轻心的时候，给予对方致命一击！

　　大饼后续给梁树加了两项攻击训练——刺拳和勾拳，重点训练的不是力道，而是刺拳的速度以及勾拳的准确度！

　　10 天的时间在这种紧张的气氛中过得很快，苏洺同的如意算盘打得也不错，拳赛的票竟然火爆非常，当天拳馆里三层外三层全都是人，毕竟能够现场观看拳赛的机会并不多，尤其是这次的噱头够猛。

　　"看来这次钱和名我都有了，"苏洺同心里念着。"看我怎么戏弄这个庸医！"

　　大饼感觉到一种愤恨的眼神正盯着她和梁树，她看过去的第一时间就愣住了。她也是第一次见到苏洺同本人，她没想到苏洺同是这样的，从他的眼神和身形中大饼判断出这个人不简单——最起码武力值肯定不低！大饼第一次感觉到恐惧，就算她亲自上台她倒也不会害怕，可这是梁树呀，她的幸福呀，她甚至能感受到这种幸福要被对面的人狠狠地捏碎。她感觉到自己准备的战术可能在这种压倒性的优势面前根本不值得一提，她很想提醒梁树，就算 4 个回合的拳赛戴有头盔和护具，可在这种情况下根本没用。

　　"梁树，你不要等到对方打出组合拳，每次被对方的直拳、鞭拳或者摆拳一击中就要立刻躺在地上等着裁判倒计时。因为我看出了他的拳很重，最起码对于你的身体很重，就算被击中一拳也够受的，所以就算被击中后还能站立也要立即先倒下，我们能做的，就是等待 12 分钟时间的流逝。"大饼并没有开口说出这句话，而是将它们生生噎回去了，"大树，记住我之前告诉你的，每次击打都不要用尽全力，全部都是试探性地刺拳就可以了，你身高有优势，保留体力，在最后一回合的时候看准时机，一击定胜负。"大饼这样提醒着，"我相信你，大树！"

第五十一章　苏洺同改变了计划

苏洺同第一眼看到大饼的时候同样很惊讶，虽然他已经看过大饼的照片，但是那和直接面对面的感觉完全不一样。他从来没想过他找的一群大老爷们绑架不成，而且反馈说很厉害的女孩这么漂亮！整个人体格看上去也有些娇小，大概160厘米，即使不施妆容依然无比精致的脸庞，如果你没有跟她交过手，大概只会认为这是一个邻家女孩吧。苏洺同更为惊讶的是，他一看到大饼，就有一种很亲切的感觉，他从小爸爸不疼，妈妈又早逝，所以他是第一次对"陌生人"出现这种感觉，他想，难道这是一见钟情？

"不可能呀，我什么样的姑娘没见过、没碰过呀！怎么可能喜欢她？"苏洺同心里反复劝慰自己，"他可是我仇人的女人呀！"苏洺同发现越劝自己，那种感觉反而越真实……

其实苏洺同的感觉没错，因为大饼此刻也有这样的感觉，但因为大饼身边有梁树，所以大饼能够很好地分辨这种感觉类似——亲人！不过大饼明白这个人现在对于她和梁树而言就是个恶魔，所以很快就用对梁树的关心取代了这一闪而过的感应。

苏洺同看着大饼从若有所思到有些友善，又到有些陌生，甚至厌恶的眼神看着自己，心情也跟坐过山车一般跌宕起伏，尤其是在最后大饼对于自己停留在厌恶上的时候，莫名还有些委屈和心虚，就像自己是犯了错的孩子一样。

苏洺同自小被父亲管得严，不允许谈恋爱，后期还送去了部队。等到了一定年龄，父亲又开始给他找"门当户对"的女孩，他当然不会同意，因为当初父亲和母亲的结合就是因为爷爷的强势才导致母亲一直闷闷不乐，结果在他很小的时候母亲便无疾而终。他也将心中所想告诉了父亲，所以苏强也就放任他去了。可他发现等到了这个年龄才开始谈恋爱，他发现人家姑娘都早就"初恋之后再初恋"，在这方面个个都是他"祖师爷"辈分的了，经历的不对等必然导致他碰到的女孩首先谈的都不是感情了。所以对于爱情与亲情都失去信心的他就干脆接管了父亲的公司，专注度高，自然做得蒸蒸日上。而对于亲情，爷爷和父亲从小到大给他的只有敬畏；爱情呢，他因为工作的原因经历了不少风月场所，早已麻痹，不再奢求。

可现在他要奢求了！

"我一定要和这个女人在一起！"苏洺同差点大声呼喊出来，可他还是控制住了，只是在心里默默地念着，"看来我必须要想尽一切办法促使梁树和她分开。"苏洺同突然改变了原有的计划，他要直接展示他的男性魅力，不给梁树留有任何机会，直接全力以赴用最短的时间击倒对方，让这个女人看到自己的强大！

永不放弃

第五十二章　顶天立地的男子汉，梁树！

男人在异性方面首先都是视觉化的动物，不过大饼绝对可以满足所有男人感官上的要求。而苏洺同虽然经历过的女人不少，但是对于大饼的感觉，的确是真实的，甚至可以触摸得到，这是独一无二、绝无仅有的。尤其是大饼对于梁树一直以来的不离不弃，反而更加促进了苏洺同对于大饼在感情方面忠贞的欣赏。

苏洺同改变作战计划其实也冒着很大的风险：

一、为什么职业拳击要打至少 6 个回合，甚至有的要打 12 个回合？因为观赏性高，时间长，所以理所当然商业价值也很高。同样地，苏洺同也把这次的比赛噱头营销得很大，自然票价也不低。可如果他上来 1 个回合不到就解决了战斗，观众怎么可能不闹事呢？

二、他本来要慢慢地戏弄梁树，因为他要的不是一场拳击的胜利，而是通过这场比赛彻底打垮梁树的精神。可如果他认真对待比赛，很快结束了战斗，那么他原来付出的心血、设想的东西就全都没有办法实现了，也仅仅只是打赢了一场并不光彩的比赛而已。

三、梁树的身份特殊，本来他是想让梁树在拳台出尽洋相。人都有一个潜在的心理——就是看不起弱者，尤其是男人。如果达到这个目的，以后梁树难免会被人议论成什么样子，在苏强的事情上，也会被旧事重提，真真假假地打击梁树。可如果他直接全力以赴，那么舆论就会变成：有钱公子哥花费重金借拳赛名义公报私仇殴打医生！这对自己的公司、家族也难免会有些负面影响。

但此刻的苏洺同已经顾不了那么多了，他相信如果他真的戏弄梁树，那么就算有一天大饼真的离开了梁树，也绝对不会选择他——苏洺同！

"哥哥，加油！"一片孩子的声音响起，梁树和大饼同时看见了静锐和孩子们也坐在观众席的最前排座位上，这一突发之事可着实让梁树和大饼吃了一惊！

"你什么时候告诉的妈妈?"

"你什么时候告诉的阿姨?"

梁树与大饼几乎同时跟对方提出了疑问，大饼一瞬间就明白了怎么回事：看来自己分析得果然不差，苏洺同绝对要慢慢羞辱梁树，他连静锐和孩子们都找来了，真是没少花心思呀，他这是要让梁树不仅在社会上无法立足，就连梁树最后的一点点空间，他也要连根掘起！

不过这样大饼反而有些暗自心喜，毕竟她看到了苏洺同，感觉到了两个人在体术上的差距，所以相比较而言，梁树的安全才是最重要的！

只是，她没有想到苏洺同会因为她而改变初衷！

"相信哥哥，哥哥一定不会让你们失望的。"梁树还是那个

永不放弃

梁树，他知道静锐从小将他抚养长大的不易，而弟弟妹妹们还那样小，也一直把他当作榜样。他明白：

现在的他，一个顶天立地的男人，就是静锐和孩子们还有宋诗音那颗永不放弃、屹立不倒的大树！

所以，他微笑着走上了擂台！

第五十三章　跟她打！

"如果你愿意跟你的女朋友分手，我可以保证，你会健健康康地走下拳台。"在拳手互相示意的时候，苏洺同近距离对梁树说出了这句话，他还是不愿意承担风险，想做一下尝试。

尽管声音不大，不过大饼作为梁树的教练以及助手也在拳台的范围内，听得一清二楚。

这让大饼本来对苏洺同的一点点"友好感"都没有了，她想过这小子会羞辱梁树，只是没想到他上来就放这么大的招儿。

"死小子，你说的什么屁话，够胆量的话跟老娘打呀？"大饼狠狠地看着苏洺同，直接冒出这么一句话。

梁树本来听到苏洺同开场白的时候也气愤异常，差点控制不住直接上去拼命了，可突然听到大饼这么一句，有点憋不住想笑。

要知道，大饼虽然独立自强，但是很少有这样直接发飙的时候，而且还是这样的场合。

前排离得近的观众突然听到大饼这么一句话都给逗乐了，他们一开始还好奇怎么这个医生的教练是个女的呢，结果一看这姑娘这么彪悍，看来也不是个泛泛之辈。不过，他们都没有听到苏洺同的开场白，所以不明所以，也只是看个乐呵。

不过裁判从头到尾都看了这一出戏，因为很职业，所以面无表情，心里差点憋出内伤！

苏洺同一脸无辜，而且他这次是真的很无辜，因为他没有其他的意思，就只是想跟梁树"商量"一下，不过这个时间、地点，还有大饼、静锐、孩子们以及观众，很显然，他这样起了反效果。

"跟她打，跟她打！"不知观众席里面谁突然喊出了这样一句。

"跟她打！"

"跟她打！"

结果带动了很多观众。后排的观众不明所以：

"怎么了，怎么了？"

"哦，好像他们说那个美女教练要上场。"

"啊?！是吗?！太好了！跟她打！"

"跟她打！"

毕竟多数的观众只是被这次的噱头所吸引来的，并不是对"拳击运动"有多么热衷，甚至大多数的观众可能根本就对"拳击"一窍不通，就是来凑热闹的。现在突然出现更加精彩的戏，这些观众怎么可能不跟着起哄呢！

就连孩子们也被带动了，小孩子就算再乖，也难控制爱凑热闹的天性，虽然不明白怎么回事也跟着一同乱喊：

"跟她打！"

静锐本来想张口阻止孩子们，可她最终张口说出的话也是：

"跟她打！"

静锐听周围的观众一浪高过一浪的"起哄"，突然在想只要梁树没事就好。这可能是每一位母亲都会做出的选择吧。就算静锐在人格上堪称伟大，在行为上可谓高尚，可作为一位母亲的时候，她的第一选择永远都是自己的孩子，就算是在"她与梁树"之间，她也会选择"她的孩子"！

苏洺同没想到自己的一句话会换来这样的结果，即使他面对过很多棘手的情况，但这是他第一次真正感觉束手无策，同时也第一次感觉到女人的厉害，即便这个女人是大饼。

永不放弃

第五十四章　帅不过三秒，拳台三分钟！

同样没想到的也包括大饼，如果这句话是一个男人说的，相信效果肯定不会是这样的。试想一下，如果一个女子拳击的比赛，一个男的突然冒出来这么一句话，估计肯定观众的反馈是：

"打死他！"而且会用实际动作验证这些本来在"吃瓜"的观众是怎么打死他的。

如果大饼真的上场，那么苏洺同无论如何估计都要输得很惨。大饼当然也想借着这个势头上场替代梁树，倒不是她觉得结果怎么样都是苏洺同输，而是她就没觉得自己会"输"！

"好了！"梁树的声音虽然不大，不过极具有威慑力，他的眼光先扫过了大饼，让大饼那颗准备战斗的火热心脏瞬间冰凉，然后扫过了观众席，观众们都自觉闭上了嘴，感觉到了一种巨大的压迫感。"怎么样，我们开始吧？"

苏洺同一时间也被梁树震慑住了，突然听到这句话还有点儿害怕，不过随后敬佩、感激、羡慕等情绪都涌上了心头。如果说在这之前他还会因为自己的作战计划而犹豫不决，那么现在他很坚定：

这个男人值得我全力以赴去竞技！

俗话说得好：帅不过三秒！

梁树和苏洺同刚刚开始正式比赛，就被苏洺同的一套组合拳击倒了。梁树从来没有被专业训练过的人击中过，即使戴着护具，他依然觉得浑身无一处不痛，就像散架了一般，尤其是自己的肋骨，断了似的疼得连呼吸都困难。

大饼在擂台下也着实吃了一惊：

"苏洺同不是要戏弄和羞辱梁树吗？"

"梁树现在怎么样了？"

"梁树是不是站不起来了？"

一连串的疑问出现在大饼的脑海中，"那就别站起来了！"大饼觉得什么都不重要，梁树的身体才最重要呀！

大饼深知每个回合虽然只有三分钟，虽然戴着护具，虽然有规则限制，虽然有拳套的减轻攻击力度，虽然梁树也是个身体素质不错的男人，虽然……

但是，这些都起不了什么作用，因为试想一下，就算在这些所有保护的前提下，被一个年轻力壮而且受过专业攻击训练的人连续狂揍3分钟，难道还有人认为这时间很短、这些保护很有用吗？

估计，可能一直被狂揍的话，一般人可能连2分钟都很难撑得过去吧！

大饼的手不知道什么时候已经开始拿起白毛巾了，梁树的眼神像刚刚那样锐利地瞄过大饼。一闪而过，却传递了一种信息。

梁树很庆幸这些天跟着大饼训练，他到现在也明白了为什么大饼给他制订的训练内容几乎不含攻击，因为这差距太大了，

永不放弃

大到他是否能够坚持完这 12 分钟都是个问题，更别提让苏洺同为他开场白的话语付出代价了。可被揍了一通的梁树反而有些清醒了，因为他刚刚脑子被苏洺同的话弄得有些热，所以也想一上来就放开手脚痛揍苏洺同一番，现在他想起了大饼的吩咐：

"第一回合，要用刺拳，发挥自己身高的优势，收着力量，为后面关键的一击做准备！"

"对，我还有诗音专门给我训练的那一拳！"梁树心里闪过这句话后，突然充满了力量，开始摆出了一个相对专业的姿势。

第五十五章　我们放弃吧！

苏洺同本来以为梁树怎么就这点儿能耐，突然看见梁树调整过后的精气神，也燃起了自己的战意。

"大树，要不我们……"大饼看着第一回合结束后，坐在椅子上喘着粗气的梁树，心疼地说着。

"不，不可以。"梁树回答得斩钉截铁，"如果我放弃了，不就等于承认自己的懦弱，向这件事情低头了吗！"

"……"大饼本来想继续劝说梁树，因为她知道苏洺同已经看出了梁树的拳路和自己的战术，比赛继续下去的话，梁树可能真的就只有挨揍的份。对于没有受过任何训练的梁树（大饼那短短的训练时间根本不算）来说，后果不堪设想！

"好！大树，我相信你！"大饼看着梁树的眼睛，那双让她一开始就陷入其中的眼睛，她能够读懂所有的内容，她知道梁树要的是什么。

第二回合过去了，梁树的眼前一片模糊，眉骨早就被打开了，血止都止不住，静锐和孩子们都在哭，不过静锐了解梁树，那是她一手一脚、要过饭、流过泪养大的孩子，她要选择支持梁树：

"小树，加油！"静锐顶着一头为包括梁树在内的"孩子

永不放弃

们"操尽心的白发，在观众席中喊出了这句话！"小树，加油！"静锐再次喊了起来，不断重复着，声音里面混着哭腔。

"哥哥加油！"孩子们稚嫩的声音紧跟着静锐一起喊了起来，那样的侵入心扉。

"梁树加油！"观众一边倒地开始为梁树鼓劲。

梁树此刻的神经其实已经有些麻木，他只是简单地想坚持做完这件他绝对没有错的事情而已。而大饼亦泪流满面，她觉得此生能够遇见这样的一个男人，并且获得过对方的承诺，已经值了！

苏洺同此刻从心里把梁树当作一个擂台上是对手，擂台下却值得尊敬的人，如果不是梁树正站在他的对面，他恐怕也要喊出：

"梁树，加油！"这样看似言不由衷的话语了。

第三回合继续着，梁树一次次倒在地上，一次次站起来，他过去不懂拳击，甚至看几代人的优质偶像刘德华先生出演第100部影片《阿虎》的时候，还觉得拳击怎么会打死人呢？

现在肋骨断裂并且压迫肺部的感觉让他有了切实的质感，他觉得死亡离自己好近，可同样地，生命的价值也离自己那么的近，近到一旦肋骨真的断了刺进肺叶，他就得到了永生。

他不知道第三回合是怎么结束的，也听不到周围人的加油声，他只是向观众席看了一眼静锐和孩子们，尽管他的眼睛可以说看不见什么了，不过静锐和孩子们的脸似乎就在他的眼前一样，他能够看见他们多么关心他、牵挂他、多么希望他可以走下擂台，即使失去了所有，但他们也会永远陪在他的身边……

"大树，我们放弃吧。"大饼的声音此刻也在他本来嗡嗡声不停的耳朵里面响起，很清晰！

第五十六章　KO 苏洺同！

"对不起，诗音!"梁树简单地回应了一句大饼，然后两个人就没有再说话，这一分钟的休息时间里面两个人就一直这样安静着，更准确地说是梁树安静着，因为大饼一直在哭：她为了自己而哭，因为她找到了一位这样顶天立地的男子汉，她开心地哭；她为了自己而哭，因为她有一种不祥的预感，就是她可能会失去这样一位顶天立地的男子汉，她很痛苦!

时间到了，梁树站了起来，用戴着拳套的手轻抚了一下大饼的眼眶。

"我要你一直开心快乐，好吗?"梁树与其说在问，不如说是请求。

"好，我会的。"大饼知道梁树做这一切的意义，她除了答应，实在不知道要说什么。

苏洺同这时也已经非常疲惫了，他觉得如果他和梁树换个位置，他自己肯定挨不了这么久。他有些放松了警惕，梁树能够感觉到对方的懈怠，于是梁树用了大饼也没有教过他，纯自己设计好的战术：

他突然放下了姿势，然后仰起头对着苏洺同轻蔑地笑着，并提起了左手，手心朝上，即使戴着拳套，也能看出来是勾着手指意思"你就这点儿能耐"的表示。

苏洺同脑子一片空白，不是苏洺同，是所有人都觉得梁树是不是疯了。

苏洺同更是被这样的嘲讽举动刺激得不顾一切冲了上去，然后在他击中梁树左肋的同时，梁树不知道哪里来的力气，右手一记下勾拳准确无误地击中在苏洺同的下巴上！

"下巴与后脑相连，没有任何强壮的骨骼肌肉保护，而且击中下巴，击打后会导致瞬时脑震荡，使之丧失意识，造成了大脑的剧烈晃动，形成脑震荡并阻碍迷走神经对大脑的正常连接，同时也影响小脑的平衡功能。"梁树清楚地记得当初大饼为他专门设计的战术，"所以，你一定不要展示你着重训练了勾拳。然后在最后一回合里，苏洺同一定会对你掉以轻心。这个时候，你要假装你不行了，然后瞄准他的下巴，用尽你所有的力气打上去！"只不过梁树没有选择假装不行，因为他是真的不行了，不过他还是用了自己的方式结束了这场"尊严的捍卫"：

苏洺同倒在擂台上，尽管他并没有完全晕厥过去，却也站不起来了，只能听见属于他的倒计时一个数字一个数字地消逝：

"10！"

"9！"

"8！"

"7！"

"6！"

"5！"

"4！"

"3!"

"2!"

"1!"

所有观众一起倒计时，向苏洺同宣告比赛的结果。

"我被 KO 了?"

"我被 KO 了!"

"我被 KO 了。"

苏洺同接受了这样的事实，他也许在体术上远胜于梁树，不过在精神力量上的差距，真的被输到心服口服!

而梁树并没有在享受胜利的喜悦，他肿胀的脸庞、错位的鼻骨、开裂的眼眶也不能引起他的关注，他只关注:

他的呼吸怎么这样困难!

第五十七章　大饼从此变寸头

"大树，你赢了，你赢了！"大饼脸上布满泪水第一个跳上擂台冲到梁树身边，其他观众也发疯一样往擂台处拥着，反而静锐和孩子们挤不过来了。

"啊……"大饼从部队出来那天这样撕心裂肺地狂吼过一次，那次她是孤独的，没有任何一个人在身边，只有偷偷躲在汽车里面的梁树跟着她。而此刻，她身边全都是人，可梁树的呼吸却微不可见了。

离得近的人甚至还没反应过来这个女孩从喜到悲的情绪过程，就已经听见大饼喊着：

"现场有没有医生？快快，叫救护车！"

所有的人这才反应过来，并不是这个男人赢了就代表他的身体能够承受住刚刚的一切。

"快快，病人心跳微弱、血压下降，注射肾上腺素！"

"固定好他的身体，他的左侧肋骨骨折，不知道是否伤及内脏！"

"请大家疏散开来，不要耽误救护车的及时救助以及空气流通。"

梁树有同事在观众席，另外拳击本来也会有医生在场，所以梁树得到了最快速的急救。大饼在梁树被推进手术室之前，一直握着梁树的手不放，不停地在梁树身边呼唤他的名字，可梁树的眼睛一直没有睁开。

"你是病人家属?"经过漫长的等待后手术室的门终于打开了，"病人包括脑部在内全身部位都受过剧烈冲击，所以内脏、四肢和颅脑现在均有不同程度的损伤。"医生看到大饼和静锐以及在走廊的孩子们，直接确认了身份就陈述了病情。

"医生求求您，救救他。"静锐突然跪在了地上。

"别别，阿姨，您别这样，我们肯定会尽全力的!"这位医生边说着边搀扶静锐，从他的神色看得出来，长时间的手术导致他也很疲惫了，但他关心的意味依然更多一些。

大饼在旁边判断出了梁树还活着，只要还活着，就一切都有希望。她最担心那句"对不起，我们已经尽力了"，毕竟每一位病人家属想要的结果都不是"抱歉"。

梁树所在医院没有办法提供更加周到的治疗，所以在医院同人的帮助下，梁树顺利转到了"齐心医院"，大饼也跟着到了齐心医院所在的城市。

梁树的治疗费用很高，加上之前他们买房子借的钱，大饼一下子感受到了生活最根本——衣食住行所带来的巨大压力。大饼一方面担心苏洺同输了比赛后还会不会继续报复他们，另一方面在驾校、超市临时工、保洁等职业之间来回不眠不休地转换，而且她还要抽时间照顾梁树，可梁树在重症监护室里面，她也帮不上什么忙，而且钱不够用导致住院费用也很紧张，她也不好意思总空手过去了。

她剪掉了一直以来的"女侠头"，理了最方便的寸头，就只是一门心思地赚钱、赚钱再赚钱，可还是不够、不够还不够。

　　幸好，她遇到了"小孩"——赵凡！

第五十八章　除了生死，都是小事！

　　大饼拿着小孩的银行卡匆忙赶往医院，这段时间一直忙于赚钱，很久没有看到梁树了，他还是那样的安详，长长的睫毛似乎预示着他随时可以再醒过来，像以前那样无微不至地照顾着大饼。

　　大饼握着梁树的手，眼泪簌簌地掉落，滴在梁树的手背上。

　　大饼一时间觉得自己是不是产生了错觉，因为她看见梁树的眼皮有轻微的抖动。她揉了揉眼睛，仔细又看了看，是真的！

　　梁树的眼皮真的在抖动！

　　"医生，快来！"大饼第一时间联系大夫，可她刚刚张开嘴，就感觉到梁树的手捏了她一下，她随即看见梁树张开了眼睛，那个大饼做梦都会无数次梦到的眼神又一次看向了她！

　　梁树示意大饼拿开他的氧气罩：

　　"对不起，诗音，让你担心了。"梁树轻轻地说着，"我爱你，我很想一辈子照顾你，与你生 11 个孩子组成一支足球队，相信遗传了你的基因，他们一定会踢得很好，从而挽救我们这片土地的足球事业。如果你觉得多，那我们就生 5 个，组成一支篮球队，一样可以做出一些贡献。要不就生两个吧，一个男孩，一个女孩，最好都像你，因为你是我在这个世界上见过最美的人。

"可遗憾的是，我只能祝福你能够遇到一个比我更好的人，给予你这样的幸福了。这些天来，我每时每刻能够感觉到，另一个世界正在呼唤我，而我能够现在这样跟你做一场告别，也算是上天送给我最好的恩惠！

"我们在一起的这段时光，也是我人生中最宝贵的记忆。我能够每天早上醒来看见你，晚上睡前和你道一声晚安就是那样地满足。我们的房子不是最好的，而且还有贷款，可那是我们的家，那个我知道我什么时候回去，都能等到你的地方。

"因为有你，我每天工作都有了方向，也许不能够给你头最新款的手机、最时尚的包包、最华丽的服饰，可我能够给你的，就是我们会一直有饭吃、有地方住、有我无时无刻无处不在对你的牵挂。我了解你的父母，你也许有些特别的家庭。但我觉得你是幸福的，因为你的父母是信守承诺的人，他们没有分开，不仅仅是因为你，而是因为他们从来不想分开，就算无休止的争吵也没有改变这点儿。所以，我们会像他们一样，除了生死，都是小事，只要活着，就要在一起！

"我的工作的确很忙，而你也是个独立坚强的女孩，所以我们每天相处的时间并不多，但是我想，只要我们在一起的时间，我们都会加倍珍惜，而不是让手机取代了对方心中的位置。我觉得我们一定会找到共同的爱好，就像你之前训练我那样，我们可以每天一起出去继续锻炼，又或者你教我体术，我教你医学。

"就算不能做到这样，而是我们都在忙自己的事情，那也没有关系。因为只要是为了我们的将来在做的事情，那么每当我们抬起头看见对方时，都会充满了希望。"

"大树，你不要再说了，不要再说了……"大饼不知道她是怎么坚持听梁树说了这么多的，也不知道此刻的梁树如此虚弱是怎么说了这么多的，但她真的没有办法继续听下去了，她唯一希望的是：

除了生死，都是小事。所以，那个一直陪着她的人，就是梁树！

第五十九章　静锐也倒下了！

"好好，诗音，我不说了，不过我要你答应我一件事情，你一定要答应我！"梁树看见大饼的样了，心如刀绞，可他能够感知到有一种力量正在拉扯他，即使他有再强大的精神力量，似乎都如同打在海绵上，根本无法阻止。"你一定要幸福，不要放弃追求幸福，一定！"梁树看着拼命摇头的大饼，也很不舍，"诗音，你要记得，你的明天有很多的人与事情，不仅仅是一个我，更不仅仅是这段时光。所以，一定不要放弃追求幸福！"

说完，梁树闭上了眼睛，永远地闭上了眼睛。他身边那台体征监测的仪器，成为一条直线，他甚至没有等到大饼停止摇头，不过他没有遗憾，因为最起码他能够亲口跟大饼告别，他相信这个女孩会听自己的话，一定会幸福！

大饼的身边被医务人员包围着，监测仪器发出了报警的声音，所以很快他们就到位开始抢救梁树。

大饼默默地走开了，她并没有像上次一样跟着跑前跑后，只是去补交了所有的费用，然后买了去往静锐所在地的火车票。

她亲眼见证了：梁树走得那么平静，没有痛苦的挣扎，也没有歇斯底里的不甘，只有对她的祝福与歉意。她知道，梁树不会回来了！她也明白，梁树永远住进了她的心里，成为她继续前行的动力。她要让梁树踏实地住下，同时安详地离去，所以她要像梁树要求的那样——永不放弃！

梁树很早就签署过"捐赠遗体"方面的材料，所以梁树的后事大饼并不想过多参与，又或者她本觉得梁树从未真正死去。

另外，静锐这边的事情，也需要她专心地去处理：

静锐被举报了，她这些年所有的行为并不合法！

静锐本想偷偷帮他们还上所有因为房子产生的借款，可是慢慢被人发现，一直以来"如天使一般"的静锐怎么会有钱？

衍生出来的事件就是她"收养弃婴"这件事情是否合法！

以及人们最好奇的——静锐到底有多少钱？

刚回来的大饼没想到这段时间又发生了这么多事情，她本不想告诉静锐梁树的离开。

"诗音，你说，你为什么一个人回来，小树怎么了，他怎么了？"静锐毕竟是一位长者，即便大饼有意想要隐瞒，可又怎么做得到。

大饼还没来得及回答，静锐就已经从大饼的神情中得到了答案。她的身子一软，昏迷过去了。

孩子们与质疑的事本就让静锐身心俱疲，加上梁树的噩耗直接压垮了静锐。静锐这几十年来再苦再难都经历过，也从来没有倒下，可这一次，她真的倒了。

大饼拿着赵凡的银行卡给静锐交了住院费，然后也暂时不上班了，赵凡的钱还足够她应对这些事情的，静锐需要她的陪伴。

可她没有办法应对的是，每天有无数家媒体与记者望能采访静锐！

　　而采访的内容主要就是问静锐到底有多少财产，平时会不会虐待孩子等，关于静锐这么多年的含辛茹苦，则只字不提！

第六十章　妈妈，我好想你

　　大饼不给他们采访的机会，有的时候被逼急了的大饼会摔他们的设备，可过些日子竟然还有"所谓的天使高价雇用保镖"等题目出现，而且里面分析得头头是道，什么静锐这些年借孩子敛财，做贼心虚，所以雇用保镖等。

　　静锐都没有办法走出自己的病房，一旦走出来就被媒体和记者围堵，被其他人指指点点。静锐茶饭不思，有时候连水都不喝一口，身体状况也越来越差。

　　吴夏勇竟然有一天带着孩子们过来看静锐了，因为吴夏勇后来接收了静锐的孩子们，而没有一个孩子说过静锐不好，有的即使跟过静锐要饭的孩子被记者问到为什么还跟着静锐的时候，他们也只会回答：

　　"跟着妈妈，有饭吃。"

　　吴夏勇当然是知道这些孩子的想法的，他也看过了最近的报道，所以他才改变本来打算自己一个人过来探望静锐的想法，他觉得，带着孩子们就是对静锐目前处境最好的探望。

　　"静女士，您放心吧，我一定为您讨回属于您的公道！"吴夏勇跟静锐保证着。

永不放弃

"我只是想看看孩子们。"静锐看着吴夏勇说着。"吴院长，估计在这里也不方便，希望您安排个时间，我去福利院看看孩子们，和孩子们吃一顿饭，可以吗？"

"当然，当然，我会安排时间的。"吴夏勇保证着。

于是，在某一天，大饼甚至没有为静锐办理出院，偷偷带着静锐避开所有人的视线，来到了福利院。

"妈妈，妈妈，我好想你!"

"妈妈，妈妈，我好想你!"

"妈妈，妈妈，我好想你!"

孩子们见到静锐全都扑了上来，也许真的只有孩子才不会管外界说什么、评价什么，反而最直接表达属于自己内心最为直接纯粹的东西。

静锐在那一天跟孩子们讲了很多，破天荒地带着所有的孩子下了饭店，点了很多菜，吴夏勇在一旁全程不言不语地配合。而静锐在分别的时候，跟孩子们讲了道理，说他们应该在福利院，这里是最好、最适合他们的地方，希望他们都要茁壮成长，乖乖听话之类的。

大一些的孩子吵闹着要跟静锐回家，小一些的孩子似懂非懂地也跟着一块闹。静锐那一天不断地流泪，不断地流泪，好像要把这一辈子的眼泪都流光一样，但不断重复着让孩子们接受这样的事实的道理。后来孩子们哭累了，终于都睡着了。静锐依依不舍地看了看孩子：

"诗音，我们走吧。"静锐还是那样的坚强，让大饼怀疑她到底是人还是神，又或者就算是神也会偶尔为自己打算一下？

"难道大爱就一定要充满痛苦与艰辛才可以被接受吗？"这是个没有答案的问题。

静锐和大饼就这样离开了福利院……

第六十一章　静锐的新生活

"难道你真的打算离开这里，找个没人的地方吗?"吴夏勇很吃惊静锐的决定，"我和孩子们会为你讨回公道的。"

"不用了，真的不用了。"静锐从前几天那种憔悴不堪的样子一下子脱离出来了，"我想要的，只是见见孩子们。"

大饼跟宋公铭与王梅通了电话，说了整个事情的经过。

"好，我们会去车站接她，你放心吧，女儿。"宋公铭与王梅就这样简单地回应着，是呀，有的时候一家人之间只需要这么简单的话语就足够了。"可是，你不跟着一块回来吗?"宋公铭充满了期待。

"不了，爸爸，我这里还有事情没有做完。"大饼也很简单地回应着。

"好的，那你做完了什么时候想回来就随时回来。"可怜天下父母心，在给儿女空间与思念儿女的点上，永远无法完全达到平衡。

大饼为静锐选择了去她的家乡是最好的，她觉得她的父母会跟静锐相处得很好，而且那里地方小，静锐也不会再被舆论所影响。

她留在这里需要把她和梁树的房子卖了，把所有的钱给静锐，毕竟静锐也需要有"自己的安全感"。而令她没想到的是，只这么短短的时间，房子就涨了几番，所以她也为静锐高兴，毕竟有时候"神"也是需要钱的。

　　静锐并不知道大饼的打算，她也是这么多年来第一次感到如此轻松。从此以后，她只需要照顾自己一个人，无论是梁树还是其他孩子们，今生再见的机会都如此渺茫。即便再见，岁月也改变了每一个人，静锐不再是此刻的静锐，孩子们也都已或成才，或泯然众人了。如果不是特定的场合，甚至面对面也不见得能认出对方。

　　想到梁树，静锐难免心里一阵阵地难受。不过梁树这样的人，肯定可以到另一个世界里最好的地方吧，那么自己呢？

　　本来静锐一直觉得自己也会到那个地方，可现在她不确定了，因为她突然觉得明天还有很多未知的事情，她的生活不再只有孩子，她终于可以毫无牵挂与隐瞒地去生活了。

　　"静阿姨，您真的打算好了吗？"尽管大饼从静锐这几天好起来的状态判断出静锐真的没事了，可还是想问一句，"您真的不打算在公众平台上为自己说几句话吗？"

　　"不用了，而且我也不怪他们，因为这也是他们的工作而已，我相信他们并不是有意害我！"静锐思绪被大饼突然的问话打断，但她并没有什么不高兴，反而微笑着回答。

　　是呀，媒体与记者从谋生的角度讲，也只是一份工作而已。他们的工作职责就是增加他们所在单位新闻的关注度，而关注度高直接关联的就是人，人数看得越多、听得越多、讨论得越多，就是关注度越高。其实他们也不愿意去挖掘别人最不想为人知的地方，可是往往这些地方才最有热度、最能够引起兴趣。归根结底，还是这个世界寂寞的人太多了。

第六十二章　准备报仇的大饼

　　大饼望着静锐渐行渐远离去的火车，她的眼神开始冰冷起来，她开始思考她留在这里的另一个原因了：

　　她要为梁树报仇！

　　苏洺同此刻还在被他的爷爷关着禁闭，苏宇丰被自己这个孙子气坏了，家族的产业被苏洺同这次一顿折腾后导致股票直线下滑。

　　这倒也是小事儿，苏洺同这么不成器才是苏宇丰真正感觉懊恼的：苏强当年就让自己跟着操碎了心，苏洺同这小子从商之后看着处理得非常不错，怎么也会做出这么不靠谱的事情来。

　　这一场拳赛不仅是输了竞技层面的，连公司的声誉也受到了极大影响，毕竟赛前宣传的很多内容，在梁树所展示出来的特质面前极具"说服力"，说服了所有人认识到他们苏家这次彻彻底底的失败。可他苏宇丰什么没经历过，他相信通过时间和合适的处理方式这些总会过去的，但他独苗孙子也被"说服了"：

　　苏洺同也承认自己输得心服口服。

　　这简直让苏宇丰觉得不可理喻：他苏家世代尚武，祖上更

是有一位"武状元"！而他的孙子竟然会承认自己失败——尤其
还是在武技与精神双层面上！可这还不够，而且又跟当年的苏
强一个样，非说爱上了一个女人，甚至愿意放弃家族产业——
要开始儿女情长了。

苏洺同这段时间一直被关着，就连吃饭睡觉上厕所都有人
24 小时跟着。他也很关心梁树现在怎么样了，他更关心现在大
饼的情况，可是比非典隔离还要严格的他，根本只是干着急。
他感觉到爷爷这次动了真火，以前爷爷和父亲对自己也很严格，
体罚也是常有的事儿，但他都做到差不多就可以了。可这次不
一样，他觉得如果他敢在爷爷没有"解禁"之前偷溜出去，到
时候扒一层皮都是轻的。

这次他所有象征自由的事物，诸如电脑和手机都给撤得一
干二净，他就像与世隔绝了。不过这么说也不对，因为每当有
工作电话时都会即刻转到他与其说是房间不如说是禁闭室的座
机电话上，但就连这电话也是只能接不能打。如果有需要当面
洽谈的事情，也都尽量转变成视频会议或者直接推掉。

大饼一边忙活着卖房子和还钱的未尽事宜，另一边也觉得
奇怪：

苏洺同之前搞了这么大动静出来，怎么就突然消失了，这
应该不符合常理呀？

大饼也去他们的公司转过几次，不过更让她奇怪的是，这
苏洺同就跟凭空消失了一样，自上次拳赛结束后，连公司也再
没回去过。

大饼并不着急，想找个人对她来说并不难，不是吗？

"等手头的事儿先忙完再说，事情，总要一件一件地来。"
大饼念着，所以借着这些事情把心情平静一下，做到冷静：

"苏洺同，你不是想羞辱梁树吗？想让梁树永不翻身吗？你没做到的事情我帮你做到，只不过这将要被羞辱、永不翻身的人，是你!"

"是你苏洺同!"大饼喊出了声音。

第六十三章　找到苏洺同

盛夏的夜里，苏洺同突然打了个冷战，他觉得一股寒意从头顶冰至脚底！"看来被关得久了，怎么精神都有点不正常了。"苏洺同自嘲地言语着。

其实苏洺同应该庆幸，因为一旦他重新获取自由，反而是他下半生命运的转轮开启。

卖房子、还钱是两个难事，可就算再难，大饼也还是完成了。她把钱汇到静锐账户的一刹那觉得浑身轻松，她需要这种轻松的感觉，才能以最好的状态抓苏洺同的软肋！

"苏总好久不来了，据说他被他爷爷关在家里了。"

"啊？苏总这样一个霸道总裁，还有这样的时候？"

"苏总也挺可怜的，父亲去世了，自己又被一个当年他父亲的主治医师在擂台上打败，而且现在社会舆论对他也全都是负面的。"

大饼在窃听器里面听着苏家公司讨论苏洺同，心里也盘算着下一步的计划。

"苏总好！"突然讨论停止了，公司的员工都在齐声说这句话。

大饼一机灵，难道苏洺同回来了？

大饼打开她提前安装在苏洺同办公室的针孔摄像机，等了半天也不见苏洺同回办公室，突然她在她最近弄的一辆"桑塔纳2000"里面看见一位长者走出了写字楼，进到一辆豪华汽车里面，苏强和苏洺同跟他都有一些神似。

"他是苏洺同的爷爷?!"大饼想到了找到苏洺同的办法，如果她开着"桑塔纳2000"直接跟上去肯定不行，一是不见得能跟得上，二是大白天的也容易被发现，她宋大饼就算再厉害，如果苏家加强了防范，也很难找到机会。

想做事就必须要有耐心，宋大饼拍下了苏宇丰与他所有随行人员的照片，然后每天安静地在这里等着这些人其中一个再回公司。她本来还打算记住车牌号的，可是转念一想，这种有钱人估计出行的方式也不止一辆汽车吧。

大饼很快等到了那天出现的其中一个人回公司，这个人是苏宇丰的贴身秘书兼保镖，他回来是取一些文件拿回去给苏洺同处理的。大饼在看到他上写字楼之后，就在他开来的汽车上顺手装了一部追踪设备。

此刻大饼面前出现了一栋别墅，她在周围转了一圈确认无误后，就去找个地方睡觉了。她这几天也有些疲惫，需要恢复一下精神。

大饼并没有在当天晚上做什么，而是接下来几天选不同时段去看看，虽然结果和她预料的一样——没有什么特别的防御（毕竟老百姓过日子不会天天跟如临大敌似的），但是大饼觉得谨慎一些还是十分有必要的。不过大饼到目前为止，其实并没有想到什么合适的计划，在没有了解对手之前再多的设想也是空谈，所以需要先想方设法地收集对方更多的信息，以便找出合适的方法。

　　大饼选择在一个深夜，潜入别墅内，然后四处安装了窃听器。

第六十四章　苏洺同的笔记本

办公室那些八卦对于大饼而言一点儿用处没有，不过别墅内的对话对于大饼来说就很重要了。她根据用人送餐、闲聊等大概摸清了苏洺同近期禁闭状态的作息规律，以及苏洺同房间的位置等信息。

她准备去苏洺同的房间搜搜看有没有什么有用的内容，她选了一个白天。之所以不选择晚上是因为大饼发现苏洺同是训练过的，晚上肯定是他在房间的时候，即便睡着了也不是最合适的时间。

出乎大饼的意料，因为在窃听器中常常听用人们讨论这个花瓶要小心擦拭，那个壁画要当心清理，因为有多么的珍贵等。可进到苏洺同房间的时候，很简洁。墙上也没有挂什么东西，几乎没有多余的摆设，不过这样就促使床头的笔记本更加明显了。

大饼选择了在苏洺同午饭的时间潜入他的房间，她大概计算过苏洺同每天午饭的平均时间，最短多久，最长多久，从而得出一个安全率相对很高的时间段。大饼拿起了苏洺同的笔记本，没想到第一页就看到了自己的名字，上面都是些对大饼的

永不放弃

感觉，包括第一次见面，后续的思念，以及反复诘问是不是这就是爱情等。

"今天，我第一次觉得一个女孩特别，而她竟然是我仇人的女人。可我不知道怎么的，就是想靠近这个女孩，觉得她身上，有一种温暖的力量。

"今天，我被爷爷关了禁闭，看得出来这次爷爷是真的很生气。我不敢出去，甚至没有办法与外界有任何主动的联系。我跟爷爷说了我喜欢上一个女孩，最起码让我给这女孩打个电话说一声，爷爷听到之后更加愤怒，甚至还加派了人手 24 小时看着我。

"今天，我被关得太久了，反而让我更加思念那个女孩，她那么美，我想只有我才能够配得起她，至于那个医生，应该是越远越好！

"今天，我开始思考我做过的事情，我是不是的确过分了一些？很想对那位医生说一句抱歉，可是不做这些事情我怎么会碰到她，我又想起她了，她在干什么，会不会和那位医生正在接吻甚至……我要疯了，我要出去的第一时间就是找到那个女孩，告诉她，我喜欢她！"

因为是关于自己的，所以大饼也不例外看得出了神，后面有好多比较直白的思念倾诉，大饼觉得一阵阵的恶心。可同时，还觉得苏洺同的某一些感觉，她对苏洺同好像也有，不过她能够分辨出这一定不是爱情。

"嗡……"腰间开始震动。

幸好大饼随身带了定时提示器。可是虽然保护了她的安全，同时也告诉她没有更多的时间去收集其他的信息了。她只得把笔记本放回原处，先行撤离了别墅。

回去之后，大饼开始盘算起来，她想到了一个计划，一个既可以全身而退，又能使苏洺同万劫不复的计划。虽然同时要牺牲自己最重要的东西，但只要可以为梁树报仇，她都在所不惜。

第六十五章　大饼是个拜金女?

"苏洺同，我是宋诗音，就算不记得我，你总该记得梁树吧?!"苏洺同刚恢复"自由"的第一天，公司积压了比较多的事情，忙碌了一天有些疲惫，正准备开车回家。刚打开车门，怎么也没想到，循着声音一转身，就见到了他每天都在想念的人。

"啊，对不起，我今天也是刚刚知道他的消息，因为我最近都……"短暂的惊愕与惊喜之后，苏洺同解释着，"咳咳，都在一个相对封闭的地方出差。"

"好，既然你都记得，那你打算怎么办?"大饼冷冰冰地直接逼问。

"啊?"苏洺同经历过不少次大大小小的谈判和商战，不过这次明显感觉自己的气场有些弱势，"哦，这虽然是个意外，但我愿意承担一些责任，你有什么好的建议吗?"苏洺同很快便调整了一下，滴水不漏。

"好，我要你死，你愿意吗?"大饼以其人之道，还治其人之身，苏洺同当时就这样跟梁树说的。

"不好意思，我已经强调过了，这是场意外，请您不要这样无理取闹。"苏洺同本想这样官方地回复大饼，可出口的话是：

"我还不想死，如果你真的想让我死，那么只有一个方法，就是天天待在我身边，这样你就能找到很好的机会弄死我。"

"天天待在你身边？"大饼反问了一句，随即明白这句话里面的其他意思，她知道，她判断得没错。

"不过苏洺同主动些更好，省得自己还要想办法，毕竟在男女这方面，我并不擅长。"大饼心里一闪而过的念头，嘴上却说：

"好，我可以给你当保镖，我也担心你这样的人渣得罪的人太多。改天被别人弄死了可不行，因为我要亲眼看着你是怎么死的！"大饼最后一句倒是真心的。

"好啊，我倒是很愿意被你弄死！"苏洺同有些按捺不住内心的喜悦了，虽然他觉得大饼怎么会联想到给他当保镖这么怪异的事情。

"弄死你只会脏了我的手！"大饼看着苏洺同的样子就觉得手痒，不过她还是忍住了，"把你的手机给我。"

苏洺同不明所以，将手机递给了大饼，大饼在上面拨了一个并不属于她的电话号码，"嘟"的一声之后，她就递还给了苏洺同。

"等会你会收到一条短信，根据短信显示的账号把要求的钱汇过去，你要是愿意再多汇一些也没有问题，然后我就可以做你的保镖了，或者你有其他要求也可以。"大饼的态度还是冷冰冰的，说完转身走了。"哦！对了，这个号码找不到我，钱到账了，我会联系你的。你要是不汇，我也会联系你的，只是下次就没有这么客气了！"

永不放弃

苏洺同一瞬间觉得自己的眼睛好瞎，怎么会看上这样一个
"拜金女"，可等到过会儿收到短信的时候，他就改变了初衷，
因为那个收款人的姓名是：静锐！

第六十六章　苏洺同的重要客户

苏洺同没有动用自己公司账户的资金，他担心被苏宇丰发现。而且对于他而言，想想办法尽快筹到那笔钱也不是什么太难的事儿。他能够感觉到大饼对他的恨意，但是他相信随着时间的流逝加上他的努力，一定会收获美人心的。

大饼联系静锐确认过之后，就知道她的计划基本上是九成九的概率了。她倒不是真的为了要苏洺同的钱，而是想试探一下苏洺同的反应。她拿出来准备好的高度白酒、迷药、带有摄录功能的眼镜等，开始联系苏洺同：

"苏洺同，我是宋诗音。"大饼顿了一下，"我什么时候开始上班？"

"好，今晚6点在'洺想餐厅'我要见一个重要客户，你最好可以稍微打扮一下再过来，稍后我把地址发送到你手机上，这个号码可以加你的微信吧？"苏洺同不知道等着自己的是什么，只知道现在心里简直要乐开了花。

"好，可以。"大饼说完便挂断电话。

沉浸在对异性疯狂期待中的男人很可怕，就连苏洺同也是如此，他觉得大饼这样酷酷的性格反而很可爱，一天工作的心情也变得好了起来。

此刻，苏洺同觉得自己像是做梦一样。大饼就坐在他的对面，长长的秀发（戴了假发），还戴了框架眼镜增添了一丝别于他日的味道，两个大大的耳环配上穿着低胸的礼服，充分展示了大饼作为女人本来也不差的事业线以及属于大饼特有的妩媚，睫毛经过处理后，隔着镜片都像能把自己装进她那冰冷实则蕴含着无限深情的双眸里。

"你的客户呢？"大饼用问话打断了苏洺同的思路。

"我的重要客户就是你呀。"苏洺同以为自己很巧妙，其实这正是大饼期望的。

"好，既然你想请我吃饭，那么……"大饼说着从今天特地准备的女士坤包里面拿出一瓶并不适合的高度白酒，咣的一声放在桌子上，"这么高档的餐厅估计都是什么八二年的拉菲之类的吧，我喝不惯！"大饼看着苏洺同有些惊讶的眼神暗爽，"怎么样，看名字也知道这餐厅是你们家产业的一部分，在这里开个白酒应该没问题吧？"

"可以可以，开吧，只要你高兴就行，我绝对奉陪到底！"苏洺同到底经历过很多大场面，惊讶之余已经开始很自然地回应大饼了。

"那你还愣着干什么，难道让我一个女孩子开酒吗？"大饼这句话一出口，苏洺同立即感觉到有股子血噌噌地往脑袋上蹿。

苏洺同急忙伸手把酒拿了过去，大饼这个时候也做了一个让苏洺同更加"上头"的动作：用无名指划过秀发向耳朵后面捋过。只是她的小指轻轻碰了一下眼镜，很隐蔽，这个时候的苏洺同更不会发现。

　　苏洺同刚倒上，大饼就拿起杯子一饮而尽，然后玩味地看着苏洺同。

第六十七章　照片上的女士

苏洺同作为一个男人，尤其是在这个时候的男人，当然不会退缩，也拿起杯子一饮而尽。瞬间，灼热感顺着嗓子流到胃里，再由胃里返回嗓子直至喉咙。苏洺同没想到这女人竟然准备这么高度烈性的酒，差点直接喷出来，只得强行咽了回去，然后装作一副云淡风轻的样子。

大饼没说话，只是朝着桌子上的酒杯微微扬起下巴，眼角向下微瞥，然后看向苏洺同。在酒精的作用下，苏洺同被这个动作激发得更是厉害，直接再满上，再喝，然后再满上，再喝……

很快，这瓶白酒就已经见底了，大饼从桌子底下踢过去她的包，苏洺同醉意阑珊地低头看了一眼，里面还是白酒。

"再来?"苏洺同问着。

大饼没有回答，只是微微点了点头。

苏洺同此刻豪气顿生，从桌子下面把包提了起来，拿出了一瓶白酒又打开，只是他没有注意，这个包并不是一开始大饼的那个女士坤包，而换成了一款男士包。

"好，这杯你先别动，我敬你一杯。"大饼突然在苏洺同倒完之后开口了，然后拿起杯子一仰而尽，接着，就趴在桌子上了，完全没有动静。

苏洺同看着大饼的样子，哈哈大笑了起来，赶忙起身去扶大饼，这个时候他近距离闻到大饼今天"特别为他准备的香水味道"，加上酒精的作用，出现了一个念头：

"我要马上拥有这个女人！"

他的身体已经有了反应，餐厅楼上就是他们家的酒店。在特别的动力下，他感觉自己本来有些摇晃的身体也不摇晃了，而是充满了力量抱着大饼就向楼上跑去。

苏洺同离开之后，有一位服务员过来收拾桌子，他想起了今天早些时候刚刚用餐的女孩来过：

"今天晚上我要和你们苏总在这里吃饭，用餐过后请你帮忙收拾一下餐桌。因为苏总带来的东西可能价格昂贵，所以麻烦你包括我们没有喝完的酒都收好，我回头过来取。"大饼说着递了一千元给这位服务员，"这是给你的小费。"

苏洺同看着躺在床上的大饼，嘴唇发干，脑中一片空白。他本能地褪着大饼与自己的衣物，可就在"堤坝将崩"的时候，他酒醒了，是被吓醒的：

因为他看见了大饼腰间红绳挂着的龙凤佩之中的凤佩。

他觉得这一切太不可思议了，他赶忙揉了揉眼睛，仔细地看了看，没错，这就是父亲临终前嘱咐他的事情。

他拿着身上有一块正好配在一起的龙佩，他赶忙捡起散落地上的外套，在内侧兜里面取出那天父亲给他的老照片，上面的苏强正年轻，笑得很开心，旁边有一位女士，紧紧地依靠着苏强。

他拿着照片贴着大饼的脸，可以看出那种轮廓有着诸多明显的相似；而此刻细细看来，大饼跟苏强眉宇之间，也有着难以说明的相像！

照片上的女士，是王梅，大饼的亲生母亲！

"难怪，难怪我对她的感觉一直与众不同！"苏洺同处在崩溃的边缘。

第六十八章　苏强的临终嘱托

"洺同，我这次可能真的不行了，我的儿子，请你一定答应我一件事情，可以吗？"在苏强去世的那一天，苏强对苏洺同托付着。

"爸爸，您别这么说，您一定会没事的。"苏洺同看着苏强这个样子，那个从来没有和他商量过什么事情就做做决定的犟老头，此刻竟然在恳求他？"您放心，回头等您康复了，我们一起找那个庸医算账！"

"不，洺同，千万不要。"苏强在临死的时候反而醒悟了，"这都是我的命，与他人无关呐。"见苏洺同又要说话，苏强示意他还没说完，"洺同，这件事情就听为父的！"苏强又恢复了往日的威严。

"但是，请你一定要答应我一件事情，可以吗？"片刻沉默后见苏洺同点了点头，苏强又问了一次。

"好！"本来苏洺同想先问问什么事，可是他看着有些黯然的父亲，有些于心不忍。

"洺同，我对不起你和你妈。"此刻苏强突然落泪了，就连苏洺同也是第一次见到，而且，在苏洺同记忆中苏强也是第一次说"对不起"。"我当年爱过一个女人，但是你爷爷因为门第

永不放弃

的关系不允许，最后因为生意的关系，我和你妈妈联姻了。"往事涌上心头，而且年老弥留之际，人往往万般思绪涌上心头，有开心、有痛哭，有遗憾、有抱歉，都随着最后一声叹息而去了。可总有那么一两件事，哪怕一切随风，却还是无法放下。"她叫王梅，可是在你爷爷找过她之后，她在某一天就突然完全消失了一样。这有一张照片，是她年轻时的样子，不过物是人非，幸好你身上的传家宝"龙佩"本是一对，"凤佩"就是我当年送给她作为定情的信物。"苏强有些激动，导致剧烈地咳嗽，可他还是用目光制止了苏洺同想要插话的意思，"洺同，我和你母亲的确是家族的联姻，但我们毕竟有了你，你母亲一直因为我对她的冷漠闷闷不乐，现在我下去会亲自跟她道歉，不过我希望你可以帮我了却这生前唯一的愿望，找到她，帮我跟她说一句……"

说一句什么呢？

谁也不知道，因为苏强突然双目凸出，睁得老大似要掉出来一般，一口气没提上来，下一口气再也没有续上。

留下了心情复杂的苏洺同，他没想到父亲还有这么一段"历史"，可是又托付给了最不合适的人——他苏洺同！

但又能如何呢，苏洺同也觉得心口有一口气，只是这气息太沉太重！苏强去世的剧痛加上这件事情压得他很难受，他却连哭都哭不出来。

因为他不知道，不知道他该悲伤还是不忿。他需要找个突破口，他突然想起了梁树。

然后他把所有的不快都发泄在针对梁树上，只是他没想到，世界竟然这样地捉弄他们苏家人，他竟然以这样的方式找到了自己同父异母的姐姐！

第六十九章　大饼的报复计划

苏宇丰真的快要气疯了，他没想到苏洺同竟然还会继续做出这样不靠谱的事情，在自己家的酒店里裸奔！

其实苏洺同也是无意识的，因为当时那个场景之下，他只是觉得：第一，精神有点处于崩溃的边缘；第二，这样赤身裸体地和大饼在一个房间并不合适，尴尬得连空气都像是凝固了一般。他憋闷，所以需要逃离。然后出门、关门，最后发现自己……

房卡也还在房间里，所以只能通过廊厅电话联系前台求助，最后被人看见。

幸好是在自家酒店里，苏洺同换完衣服之后，就把监控视频删除了，将不小心撞到自己窘态的住客和服务人员安抚了，他也感觉有些累，今天惊魂未定，所以决定先不回家，就另找了一个房间睡下了。

迷迷糊糊中苏洺同感觉自己的房门"咚咚"地敲个不停，他很好奇会是谁呢？

"您好，请问您是苏洺同先生吧，我们是公安局的。"几位身着蓝色制服的警官站在门口。

"难道是刚才的事情没有处理妥当？"苏洺同心里念着，不过"裸奔"应该没什么大事儿吧，他也没当回事：

"是，我是苏洺同。"

让苏洺同没想到的是，他才刚刚承认自己是谁，警察很快就把他按在地上并且戴上了手铐。

"喂喂，你们这是干什么？"苏洺同有些惊慌和意外，"我配合你们回去调查，再说又不是什么杀人放火、抢劫强奸的事儿，至于这样吗？"苏洺同旋即解释着。

"你不知道你犯了什么事儿？"旁边的警察提醒着。

"我干什么了？"苏洺同一头雾水。

"那到了所里再说吧。"不知道哪位警官回应着。

苏宇丰很快接到了酒店经理的电话，这位经理听说警察在他负责的酒店带走了苏家唯一的孙子，而且听员工说苏洺同在酒店"裸奔"来的，他觉得事情有蹊跷，赶忙汇报给苏宇丰。

苏宇丰气得把手机摔了个粉碎，想想不行，这个时间肯定要保持与外界的联系。

苏宇丰急忙找了一部新手机，把手机卡装到上面，可等了很久也没有接到派出所的电话。苏宇丰经历过很多事情，他开始重视起这件事情来，按理说如果"裸奔"的话，到派出所处理的时间也不会太久，就算是严重一些需要"刑事拘留"，也该通知家属了。苏宇丰开始着手让酒店的工作人员去周边的派出所问苏洺同的情况，自己也开始想办法。

可动作还是晚了，因为苏洺同已经被派出所转到刑侦大队了，所以苏宇丰在既有的想法上没能找到苏洺同。

这下苏宇丰哪还顾得上生气，他已经开始慌了，他心里闪过很多可能性，也恰好这时，他的电话上出现了一个陌生的号码：

"您好，请问您是苏洺同先生的家属吗？"对方职业性的语气让苏宇丰一方面因为大概了解到苏洺同是在公安机关而暂时放心，可另一方面种种因素导致苏宇丰也更加紧张。

"我是，同志您好，请问洺同这边我能配合些什么？"苏宇丰直觉上明白现在的情况一定要尽量积极些才好。

"苏先生您好，我们这里是黑当路刑侦大队，您的孙子涉嫌强奸妇女，目前已经被刑事拘留，现被羁押在黑当路看守所。"

苏宇丰的脑袋"嗡"的一下，他之前脑中闪现过无数个想法，怎么也没有想到会这么严重！

第七十章　证据确凿！

　　大饼从酒店的床上醒来，却已经不见了苏洺同，不过这不是她最关心的，她需要先找到眼镜。昨天坚持着用仅存的意识看似随手一扔，但大饼其实尽量把眼镜的镜头摆到能够摄录床的位置。简单检查了一下眼镜之后，然后拨打了酒店前厅电话订了一套衣服，她不能再穿礼服，因为她要保留苏洺同在衣服上面留下的指纹。她去找回了包与酒瓶，所有证物都确认无误后，拨打了报警电话。

　　苏洺同不是第一次到公安机关，派出所他也算是"常客"了，因为那个时候他常常打架。可他在一进到派出所后，就先被强制交出随身物品还是第一次。他想开口说什么，还没来得及，就已经被带到审讯室。

　　"昨天晚上 6 点你在哪里，在做什么？"负责审讯的警官问着。

　　"我怎么了，你们用得着这么大阵势吗？"苏洺同感觉到了事情的不对劲，可又说不上哪里有问题，姑且先打起了"太极"。

　　"你认识她吗？"其中一位警官把大饼的照片递给苏洺同看

了看。

"你们到底想干什么?"苏洺同毕竟不傻,他有些明白了,明白自己应该是被"设计"了。

"看你年轻有为,主动一些,配合一些,也许说清楚了就没事了。"警官突然和颜悦色起来。

"那你们先说说,为什么抓我?"苏洺同一边拖着一边回想他不愿意再想起的刚刚,努力想抓住一些机会。

"我们问什么,你说什么,知道吗?"警官突然又严厉起来。

"是呀是呀,你这样,我们都没有办法帮助你。"另一位警官又好像在为苏洺同着想。

苏洺同想得脑袋都痛了,可毫无头绪。

"越是这样越可怕!"苏洺同心里念着,他察觉到有一个无底洞,他一直往下掉,就算拼了命想要逃出生天,可毫无机会。

就这样苏洺同干脆闭起了眼睛,闭上了嘴巴,他知道,如果他现在只要说错一句话,都有可能直接将自己置于十分被动的境地。

"我告诉你,不要以为这样我们就拿你没办法,劝你一句,我们说什么,你就回答什么,我们已经掌握了很多信息,只不过这是在给你一个机会!"

"对呀,我们就是找你了解一下情况,你好好配合就没事了。"

"这样吧,你好好做笔录,等做完了我们看看就把你放了吧,你看好吗?"

任凭警官说什么,苏洺同就是一副"木头人"的样子,弄得整个气氛都烦躁起来。就在这个时候,苏洺同能听到有人走了进来,他张开眼睛瞄了一眼,看见是另一位警官跟刚刚审讯他的警官耳语着什么，他有一种不祥的预感。

"嫌犯交代了吗?"进来的警官耳语。

"这小子软硬不进呀，什么都没说。"负责审讯的警官有些无奈地回答。

"没关系，因为那位女士的血液检测以及指纹比对结果都出来了，证据确凿!"

苏洺同的预感成了现实，因为刑侦大队的人来"接"他了……

第七十一章　狗急跳墙的苏洺同

"什么?"大饼对于自己的检查结果不敢相信。

"是的,女士,您的检验结果是没有受到过任何性侵犯。"医生只能耐心地重新回答一次。"尤其是你的处女膜都没有破损。"医生想想又补充了一句更具说服力的证明。

大饼此刻的心情很复杂,一方面因为"计划"的失败而有些懊恼;另一方面却又欣喜自己没有被"带着恨的男人"侵犯。这样的情绪让大饼也忘记了,其实就算没有真的发生什么,苏洺同依然逃不过她精心设计的一切。

"女士,如果您这边没有问题,请签个字,因为您这是司法程序,我们也是受委托。"医生看着大饼的表情变化心里也有些奇怪,毕竟这对于受害者来说本应是一个天大的好消息呀。

大饼看着医生的眼神变化,明白自己有些失态了,于是即便怀着矛盾的心理,也立即配合着签了字。

苏洺同在看守所见到苏宇丰的时候异常兴奋,因为"强奸犯"不用说进了监狱,就连在看守所都"备受折磨":

"爷爷,您是来带我出去的吗?"

苏宇丰看着自己唯一的孙子,心里如同打翻了酱油瓶——

五味杂陈。可作为家人与长辈，他又为自己无法"保释"苏洺同感到自责且充满了歉意。

"洺同，你先别急，你把事情详细的经过跟我说一下。"苏宇丰不忍心对苏洺同说出他当下的处境，所以先问问细节，看看有没有什么机会。

"爷爷，你相信我，我真的没有强奸，我什么都没有做过，因为……"苏洺同本想说大饼与苏家的关系，可觉得这样的场景说出来难免让家门蒙羞，所以没说下去。

"因为什么？"苏宇丰看到苏洺同欲言又止的样子有些着急了，他开始觉得这个孙子太不争气了。"你快说呀！"

"爷爷，我真的没有强奸，请您相信我。"苏洺同坚定地盯着苏宇丰，然后把那天跟大饼吃饭的经过大概说了一遍，可是进到房间之后他说自己突然良心发现了（没有说真话）。

"好，我知道了。"苏宇丰听到这里已经有了打算，"强奸未遂"的话，如果女方不追究，也还有回旋的余地。

"爷爷，你不带我出去吗？"苏洺同感觉到苏宇丰要离开了，是独自离开。

"洺同，警方说你强奸行为的证据确凿，所以无法保释。"苏宇丰没有办法，只得说出了实情，"不过你放心，如果你真的没有做出那样的事情，我去找到那个女孩，看看能不能想些办法。"苏宇丰为了安慰苏洺同，说出了自己的打算。

"不，爷爷，她不会放过我的。"经历过这么多事情，苏洺同虽然不了解大饼具体是怎么操作的，但是肯定是为了对付他，"爷爷，我，我，"苏洺同真的急了：

"她就是我之前打死那个人的女朋友，而且她长得像一个叫王梅的人！"

第七十二章　素未谋面的孙女

苏宇丰的脑袋像被什么武器重击了一般，一时间错愕了，这和当时苏洺同的表现很类似。他当然能够听懂苏洺同的暗示，宝贝孙子"身陷囹圄"的状态让苏宇丰旋即清醒了，他知道孙子的意思，他也知道如果不是没有办法孙子是不会在这样的公众的场合暗示自己的。

这两句话直接让苏宇丰对当前的形势做出了最直接的判断，必须用这层关系去找大饼，否则就没有其他机会了。

苏宇丰心情复杂地离开了看守所，与此同时，他委托的律师也得到了相应的"证据细节"，从录像上看，就是苏洺同开酒、倒酒、拿酒（大饼从桌子下面踹过去的男士包，所以录到的是苏洺同从男士包里面拿酒），并且酒瓶上、包上，以及大饼的衣物上，全部都是苏洺同的指纹。另外，大饼的血液以及尿液检测中"迷药成分含量很明显"。

苏宇丰并不了解这是大饼设计的，他只是觉得家门不幸，除了苏洺同如此不争气之外，还会出现这样的事情。他决心立即去与这位这位素未谋面的"孙女"见上一面，第一，这也是他要再确认一下是不是他苏家的骨血有外流的情况发生；第二，

永不放弃

当然是要解决目前最紧迫的问题——苏洺同案件！

大饼看着手机上显示的陌生号码，反而有些兴奋，因为上次的检查过后她一直不知道苏洺同案件的进展。她主动去询问过，但是案件在这个过程中是不会让她了解过多的细节的。夜长梦多，她也会担心是不是最终她的计划换来的只是一场泡沫。

可如果苏家联系她了，那就证明现在苏洺同的情况肯定不好受，所以苏家才会有所动作，比如首先就是联系她。

"喂？"大饼用了冷漠的语气。

"你是宋诗音？"对方虽然是问句，但是紧接着就说，"我是苏宇丰，我们可以见面聊聊吗？"

大饼一时间有些错愕，转而就是更加兴奋。她没有想到苏家的"掌舵人"会亲自联系她，不过这也侧面证明了苏洺同的处境。

"好，时间、地点？"大饼本想拒绝来的，可是她也好奇目前苏洺同到底是什么情况，而且她脑中又浮现了一个计划：可以通过这次会面进一步坐实苏洺同案件的计划。

"今天晚上6点，洺想餐厅，可以吗？"苏宇丰有意让大饼过去这里，因为他想看看大饼对于这样一个地方会有什么样的反应，他也好有对应的策略。

"好。"大饼说完便挂断了电话，对于大饼而言，她根本就不在乎这些，她只是去找到了录音笔，她预计苏宇丰会用"金钱名利"来引诱她，"正好！"大饼自言自语着。

苏宇丰没想到大饼答应得这么快，"这不是一个简单的女孩！"苏宇丰心里念着，他本以为这次他亲自出马，就算没有血缘的关系，他也一定能应付一个小姑娘，可他现在开始重新审视起这件事来，他渐渐感觉到这位"素未谋面"的孙女并不会如同他以前谈判一样顺利。

第七十三章　够我再买几套房子了

苏宇丰在正式见到大饼的那一刻，就进一步肯定了自己的想法。这个孙女遗传了苏家都算是优质的形象，可这个十分个性的寸头加上大饼独立坚定的眼神，让苏宇丰觉得即使自己摸爬滚打这么多年，可是大饼的气场并不逊于自己。

大饼有些意外，她一见到苏宇丰就有一种莫名的亲切感和愧疚感，就像是小孩子做错了事情在家长面前抬不起头一样。可大饼的调整能力毕竟不是一般人，很快她就恢复了冷漠却不失礼节的态度，微微点头不卑不亢地坐在苏宇丰的对面。

"你是宋诗音？"在短暂却像是时间凝固一般的沉默后，苏宇丰还是选择先打破了安静，毕竟现在是自己"有求于人"，对方并不知道那些关系，所以现在也只是"家属与受害者的会面"。

"是。"大饼的态度依然恭恭敬敬的，可是回答得也很简单。

"好，那我就简单一些说吧，关于我孙子苏洺同的事情，我非常抱歉，希望你能够给我这个老人家一些面子，放过他。"苏宇丰觉得还是得先直接单纯地谈苏洺同这件事情，毕竟认亲与这件事情一起处理并不恰当。

永不放弃

"很抱歉，老人家。我很难原谅您的孙子，特别是他竟然还想毁了我的清白。"大饼早就料到是这个事，自然有所准备。

"这么说你是不愿意了？"苏宇丰气势猛增，开始使用长久上位者的方式了。

"您是不是还是跟您孙子的律师交流？"大饼突然觉得对面的老人很可笑，明明是苏家的错，他怎么还有脸反问过来。"毕竟我只是一个普通人，不仅您想，我也想，但是我们都影响不了法律的公正呀，不是吗？"大饼想到这里，干脆就毫不客气地表达着，因为她觉得这位老人也并不值得尊重。

"好好好，既然这样，我不妨直说。"苏宇丰并没有被大饼的话激怒，反而又重新回到了一种亲切的状态，开始商量的语气，"洺同最终并没有对你造成侵犯，如果你不继续追究的话，我们还是可以商量的，我指的是任何事都可以商量。"苏宇丰也判断出了此时此刻面前的人，并不会被他的说服所影响，还不如看看"万能的东西"，是否能够打动她，不然她为什么来见自己呢？

"那您想怎么商量呢？"大饼干脆借着这个话题聊下去。

"只要你能够提出来的，我都尽量满足，好吗？"苏宇丰有些欣喜的同时也有些失望，看来这也是一个普普通通的人而已。

"我没什么好提的，要是提的话，我希望您身体健康，万事如意。"大饼看苏宇丰这副嘴脸，突然憋不住地想戏弄他一番。

"哈哈哈哈……"苏宇丰什么没经历过，泰然处之，"这样吧，你看这个诚意是否足够？"苏宇丰干脆直接递了支票过去。

"够了够了。"大饼伸手接过了支票，"这么多钱，都够我再买几套房子了。"大饼甚至透出一种喜悦之情。

第七十四章　家人？家人！

"您真疼您的孙子，有些人奋斗几辈子都不见得赚得了这么多钱。"大饼看着苏宇丰一副成竹在胸的嘴脸突然想进一步羞辱对方一次，"好吧，那我先走了。"说着大饼站起了身，她看见苏宇丰面部表情的变化——势在必得，让她感觉有些恶心，仅存的好感也消失了。她突然将支票重新推回给苏宇丰，"那您记得最近房子涨势很好，用这些钱多投资几套呀，您家的产业一定会越做越大的，我还是习惯穷姑娘一个。"大饼说完转身就走。

"这些录音应该可以进一步坐实苏洺同了。"大饼心里念着。

大饼通过这次会面看明白了，苏洺同应该很难脱身，如果能在自己没有受到伤害的前提下以关于"强奸"的名义送苏洺同进监狱，那就更好了。虽然最终年限可能和自己计划的有所减短，不过她要的就是苏洺同生不如死，翻不了身，多几年少几年又有什么关系呢？

一个人被击败了，就算自由身，也只是处在一个更大的监狱继续受折磨而已。

苏宇丰一时间没能反应过来，这次是真的完全脱离了他的

永不放弃

掌握之内。怎么面前这个姑娘这么一会儿之间就像变了一个人一般呢?

"等等,等等。"苏宇丰慌得站起了身,"是不是嫌少,可以再加十倍。"可是大饼根本就没回头,"哦不,二十倍,五十倍?"苏宇丰突然停下了,不是因为他舍不得,而是他刚刚才明白,这个姑娘本就不是为了这些。

"宋诗音,你母亲是不是叫王梅?"苏宇丰看到大饼听见自己的话时停下了,刚想继续开口。

"你要是敢动我的家人,我豁出命也会跟你们拼到底!"大饼觉得苏家是不是对她做了调查,在这样的情境下,加上刚才的对话,也难怪大饼有这样的反应。

"不是不是,你误会了。"只不过苏宇丰还没来得及解释,大饼早就冲到他面前,幸好苏宇丰武技也不弱,要不然估计就没命了,可在生命受到危险的时候,人都会下意识地抵挡攻击同时还击的。一出手他便后悔了,他明白这只是进一步激发了大饼的斗志,桌子的器具因为这电光火石间的搏斗散落一地。

苏宇丰的保镖听到声音赶忙冲了进来,大饼看见这个场景什么都不顾了,她知道在这个相对狭窄的空间内,和这么多受过训练的人搏斗,她也会不敌的。她只想尽快解决面前这个人,要不然她的家人会有危险,她已经失去了太多,不能连家人也失去,所以都是用的致命攻击方式。苏宇丰没办法,只能躲闪,同时保镖也加入了战斗。

"住手!"苏宇丰脱离了大饼攻击范围后命令保镖停止,可保镖停下,此刻的大饼却不会停下。

"咔嚓"一声,就听到大饼将就近一个保镖的胳膊直接折断了,这个保镖痛晕了过去,丧失了战斗力。在家人受到威胁时,大多数的人都根本听不进其他的，只有一个念头：就是保护家人的安全。

保镖只能重新开始跟大饼进行搏斗，毕竟就算苏宇丰给薪水，可目前这情况服从命令还是没有命重要呀。

"我就是你的亲爷爷，洺同就是你的亲弟弟呀！"

第七十五章　家丑不可外扬

话到了嘴边，苏宇丰却没有说出来。这么多人在场，苏宇丰深知"家丑不可外扬"的道理。事情发展到这个地步，如果万一把真相传出去，那估计他们苏家以后就不用在社会上立足了。

其实本来他的打算是：你母亲是不是叫王梅，你是不是不知道自己的亲生父亲是谁？其实你是我们苏家的人啊！

可他大错特错的是：第一，他根本不了解大饼经历了多少事，所以此刻的大饼在守护这一点上，是不可触碰的逆鳞；第二，他不知道大饼竟然有这么厉害的体术，一旦开始攻击连解释的机会都没有！

"你们千万不要伤害她，把她制服之后关在一个安全一些的库房就可以了。"苏宇丰最终出口的话只能是这句。

苏宇丰感觉到头很痛，他觉得如果他继续待着这里只会让所有的事情适得其反，他必须要重新计划，而且需要计划的事情太多太多了。

"苏总，那个女孩现在关在咱们名下一个厂房里面，她也受了一些伤，我们尽量注意了，可不动点真手根本没办法控制住她。"来人向苏宇丰汇报，他是保镖中的一员，能够看见他脸上或者其他可见的皮肤有伤痕，毕竟在尽量不伤害大饼的前提下最后制服大饼，就算他们人多，也很难全身而退。

"好，找个靠得住的女佣帮她处理伤口，24 小时好好照顾她。"苏宇丰停顿了一下，"另外，她的要求也尽量满足，等她愿意见我的时候，我想再跟她聊聊。"苏宇丰挂了电话，长叹了一口气，只不过这口气还没有叹完，又有了新的"惊喜"，电话进来了：

"苏总，女佣帮她换衣服处理伤口的时候，却发现她身上有一支录音笔……"

"好，我知道了。"苏宇丰直接打断了来人的汇报，他猜想出了录音笔上面的内容，他已经不再意外了。从他第一次接触大饼开始，到这么短的时间内，大饼就一次次做出看似让他"惊喜连连"的事情，他都开始觉得习以为常了。"把录音笔还给她，上面的资料也不用处理，我另有打算。"

"可苏总，这录音……"来人跟了苏宇丰很久，所以想给些建议。

"没事，小黎，只是先稳住她两天，我出趟门，回来再说。"苏宇丰又一次挂断了电话，他不打算再跟大饼谈下去了，从目前的形势看，他任何的话都只能是火上浇油。他查到了大饼的家乡住址，很偏远的一个地方。

"帮我定一下最近同时也是最快可以到我刚刚短信发给你的地址。"苏宇丰吩咐完了便穿上一件外套准备出门前往机场。

他知道，他现在唯一的机会只有王梅！

永不放弃

他也知道，所有的结果都是自己当年造成的"蝴蝶效应"。

　　他更知道，他现在只能舍弃这张老脸，去再一次"恳求"王梅了。

第七十六章 王梅你好，我是苏强的 父亲苏宇丰

王梅正在跟静锐聊着家常，突然看见手机上显示一个陌生的号码，手机认证号码的城市就是大饼所在的城市。如果平时，王梅肯定认为陌生号码是推销电话，毕竟他们因为种种原因选择了相对低调的生活方式，基本不会有陌生号码打来，可此刻，她赶紧接了起来。

"王梅你好，我是苏强的父亲苏宇丰。"王梅听到对方自报家门之后先是失了神，"喂？喂？"等到缓过神的时候只听到对方在"喂"着。

"哦，叔叔您好。"王梅毕竟受过良好的教育，还是很客气。

"梅姐，我该做饭了，就回家了。"静锐不是一个多事的人，她感觉到王梅的异常，找个理由先走开了。

王梅感激地点点头，此刻那边又响起了苏宇丰的声音：

"我在你现在的城市，我们见个面吧，因为诗音，也因为其他事情。"苏宇丰知道自己当年做过什么样的事情，也大概了解王梅的性格，所以选择了开门见山。

"诗音怎么了？"每一个母亲听到自己孩子的名字都会这样

永不放弃

焦急。

"没事没事,她很好,不过我们见过面了。"苏宇丰故意说得模棱两可。

"……"电话这头的王梅一阵沉默,苏宇丰也很耐心地不言不语地等着,"好。"

"我马上把地址发到你手机上。"苏宇丰听到一个"好"字,生怕王梅反悔,赶紧接上这句之后挂了电话。

王梅听着手机挂断的声音又一阵失神,她想起当年与苏宇丰的第一次见面也是这样:

"王梅你好,我是苏强的父亲苏宇丰。"就连开场白都一样!

然后在见到苏宇丰后,这位长者告诉她,应该说是要求她离开苏强时的决绝,那种羞辱与不甘的情感时隔多年就似昨日一般浮上心头。可她觉得自己是幸运的,因为她遇到宋公铭,尽管他们这么多年都是争吵着过来,可她从心底里爱上了这个男人,也许是因为感激,也许是因为他对女儿的好,也许并没有也许:

就是爱上了,不可或缺地爱上了。

苏宇丰编辑了入住酒店的地址发送给到了王梅的手机,那些回忆也重新冲击了他的大脑,而此刻他突然充满了悔恨。

他当年听到苏强提到王梅名字的时候气得发疯,所以把苏强关了起来,对外说苏强出国学习,然后找到王梅并且播放了苏强的录音:

"王梅,我已经不再爱你了。"

苏宇丰自以为老谋深算地让苏强说出了这些字,然后剪辑而成。他清楚记得王梅满脸的不相信,她说要找苏强问个清楚时候的伤心欲绝,可他狠心地告诉王梅,苏强并不愿意见她,她只是他们这些豪门的一个玩物，并且甩给了王梅一张支票，恳求王梅放手！

王梅撕碎了支票，她说苏强一定会回心转意的。

结果等了一个月后发现苏强没有任何音信，而苏宇丰又一次找到她，并且说苏强不愿意见她，而且他们苏家也不会接受她！

其实这时候，王梅刚刚发现自己怀孕了！

第七十七章　人，不是工具！

　　王梅是坚强而饱含自尊的，她没有选择像第一次见面那样哭闹以及不可理喻，她深深地感到就算苏强"回心转意"，可苏宇丰也是她迈不过去的一道坎，苏家的大门只会对她永远关闭，于是她拿着苏宇丰再一次递来的支票，毫不拖泥带水地离开了。

　　而宋公铭也一直不知道，这么多年他能够写书赚钱，其实主要的原因是王梅用这些钱在一开始大批量购买了他的书籍，结果在首次尝试小说就畅销而且二次、三次都畅销的前提下，宋公铭才真正有信心开始连续的创作，从而他的书后续不需要王梅的帮忙也同样畅销，毕竟他是有真才实学的。

　　当然宋公铭的事情苏宇丰是不知道的，只是他当年在王梅"销声匿迹"后，发现就连自己都找不到王梅，才让苏强重新获取了自由。

　　一想到苏强，苏宇丰突然感觉到一阵阵的惭愧。他觉得这一切是不是都是"报应"？

　　在那时，他将王梅接受支票的视频给苏强看了，可苏强依然疯狂地寻找王梅。那是他唯一的儿子呀，而他竟然选择让本已受到伤害的苏强，再去娶一个自己并不爱的女人，仅仅是为了家族。

现在看来，那只是错误的开始。苏强自此以后，性格变得冷血而霸道，对他、对儿媳、哪怕是苏洺同的降世，也无法让苏强回到原来的那个苏强。

所以，他苏宇丰的儿媳郁郁早逝，苏强罹患癌症，苏洺同竟然兜兜转转又碰到这样的事情！他所营造的一切财富、地位又有什么用呢？

竟然面临无人继承的尴尬！

还有自己的亲孙女，估计现在正在恶毒地诅咒自己吧？那些隔代相亲的温馨场面，如果在他这里，让他此时与他的亲孙女单独相处，那她只会尽全力来杀死自己呢？！

王梅呢？她会原谅自己吗，会帮助自己吗，在自己当年对她撒过那样的弥天大谎，那样狠心地毁了这个女人的一生，促使这个优秀的女人只能隐姓埋名地度过自己最好的花样年华！

苏宇丰开始后悔了，每个人都不应该成为自己的工具，尤其是自己的孩子。"我怎么会对不起这么多人，而我最对不起的，就是我自己，到了最后，我才发现，我什么都没有！"

"而我又害得所有跟我有关的人失去了太多太多，我这一辈子到底在做些什么？"强烈的悔恨促使苏宇丰胸口突然发闷，他感觉力气与精神正不受控制地从他身体上缓缓流逝，他觉得眼前渐渐模糊，他意识到了情况的严重性，求生的本能让他张开嘴想要呼救，可又发不出声音！

他身边常常前呼后拥地跟着一大群人，而因为他想单独约见王梅，所谈的事情也私密，所以他将那些人都支开了。

此情此景，一个老人，无论曾经多么辉煌，多么叱咤风云！命运总是如此充满戏谑，他就只能无助、孤独、充满了遗憾与

永不放弃

不甘地停止了呼吸。

而因为他当初所造成的"蝴蝶效应"却还在继续，像是在冥冥中，有一种力量一定要将他生前身后所有的努力摧毁得一丝不剩才甘心！

第七十八章　宋公铭在乎的事情

"苏宇丰心脏病突发死亡！"公司的人讨论着，尤其是集团其他股东，虽然平时苏宇丰待他们不差，但是毕竟在商场上利益难免冲突，有一些过节也是避无可避的。

就算没有这些，苏宇丰的离世，苏洺同的身陷囹圄，对于他们来说，也是扩大自己话语权的最好机会：

苏家集团很快就不姓苏了！

速度之快，让人感觉就跟苏家在这个集团里从来没有出现过一样。苏宇丰要是看到这一幕，估计会被气得再发病一次！

"不可能，不可能的。"苏洺同在苏宇丰与苏强的管理下，虽然不是那种骄横跋扈的性格，但也自小衣食无忧，身边的人也一直都是哄着他的。可没想到的是，第一次面对困境就是这样的绝境，叫他怎么接受。"小黎，你快告诉我，这不是真的！"

"对不起。"小黎说完转身走了，留下了在后面哭喊的苏洺同，他不忍心再把所有的结果跟苏洺同复述一次，他更不忍心看他跟了这么多年的苏家顷刻之间沦落到这种地步。那些所谓的"忠心耿耿"的人，很快就"抱住了新的大腿"，只有他辞

永不放弃

去了所有职务，选择跟苏家做一个告别，尽管这苏家唯一血脉此刻的境遇连告别都只能徒增凄凉。

其实苏家的血脉不仅仅只有苏洺同一个人！

只不过知道这件事情的人，只有苏宇丰以及苏洺同还有王梅。苏宇丰还没来得及把具体情况告诉王梅，就带着这个秘密永远离开了人世。

而苏洺同现在呢？

别说他不可以把这样的秘密公布于世，就算公布了，对他现在的情况又会有什么改变呢，最主要的是，又有谁会相信他呢？

至于王梅，她现在根本没有时间考虑这些，因为她很焦急：

由于在指定的地方没有见到苏宇丰，而等她见到的时候，这位曾经让她恨过、恐惧过的老人已经永远不能再阻止她跟苏强在一起了。

可作为一位母亲，加上她对苏宇丰过去的印象，她没有时间想其他的事情，她需要第一时间联系大饼。

然后，王梅却发现大饼的电话打不通。

王梅慌了，如果是当年的时候，她肯定马上独自出发，去寻找大饼了。可现在不同，她有跟她一起经历了这么多年风雨的宋公铭，她选择相信宋公铭！

"我们还等什么，赶紧去找诗音呀！立刻，马上！"宋公铭听完王梅的话后，急不可耐地说着。

王梅本还想说什么，可她还要说什么呢，她已经跟宋公铭说了当年她遇上过苏强，遇到过苏宇丰，遇见了宋公铭。这么多年来，宋公铭从来不问，她却在此时此刻全盘脱出了所有的所有。

到现在，她才知道，宋公铭不是不在乎，只不过他更在乎自己与女儿！

他们就这样，没有过多的话语，像一对年轻的恋人那样，手牵着手，二十多年了，第一次走出了这个地方……

第七十九章　苏洺同的决定

　　王梅重新回到这个城市，眼前还是当年苏强带她来过的那处别墅。深感一切都像梦一样，可手心处却传来那种干燥而温暖的气息，提醒着她，这一切都是真实发生的，有这样一个值得依靠的男人一直陪着她。

　　"苏强在吗?"王梅在扣响了门禁之后，直截了当地问着，她想要尽快找到大饼。

　　"您找谁?"用人在听到苏强名字的时候以为自己听错了，这苏家是怎么了，用人在心里念着，苏宇丰意外过世的消息刚刚传到这边，然后又有客登门找新添已亡人的旧时已亡子。

　　"我找苏强呀!"王梅觉得用人的态度很古怪，可还是选择又重复了一遍。

　　"您稍等。"这个用人确定自己没有听错之后，开始拿不定主意，想要去请示一下，可是现在的苏家就连小黎都跟着苏宇丰一起出门了，现在正忙着给苏宇丰办理后事。所以，又有谁可以请示呢?

　　"爸!妈?"宋公铭与王梅循着声音一回头，就看见了大饼，整个人瘦了好几圈，不过精神状态还算不错。

"诗音……"千言万语在宋公铭与王梅湿润的眼眶中流淌出来，大饼做了一个让他们跟她走的手势，他们也感觉事情的不对劲，就按照大饼的意思做了。

苏宇丰的事情影响了看守大饼的人，而且大饼选择了绝食，假装昏倒，这帮人才给她解开了束缚。没想到大饼又是假装的，人手本来也少了，而且心思都不定，结果大饼就跑了出来。

刚跑出来的大饼就径直来到了这边，因为她打算先找到苏宇丰，看看他是不是对自己的家人构成了威胁，没想到，竟然在这样的前提下，这一家人团聚了。

大饼毕竟也是人，在确认双亲没有事情之后，就真的昏过去了。

看着大饼狼吞虎咽的样子，宋公铭与王梅又一阵阵地心疼，可听着大饼从头讲述了所有的事情，他们又觉得一阵阵地心疼，因为他们明白，为什么苏宇丰突然要去找王梅了。

即便去了医院，医生说大饼只是因为"饿"得太久加上过度疲劳引起的昏厥，但他们还是更加心疼起大饼来，他们在想，如果大饼知道是自己亲手将同父异母的弟弟送进了监狱，她会怎么样？

与此同时，苏洺同的案子很快有了结果，强奸罪处三年以上十年以下有期徒刑，就算他是强奸未遂，本来可以从轻至三年以下。可这次都用不着大饼出手了，那些曾经跟苏宇丰一起共事的"所谓亲叔叔、亲伯伯们"，就想尽办法让苏洺同尽量"烂在监狱里面了"。

他们就直接向相关部门提供苏宇丰在苏洺同刑拘期间非法监禁大饼的证据，以及大饼甚至还因此受到了人身伤害，这就造成了相对严重的犯罪结果。

十年，最后苏洺同竟然被判了十年！

当法官宣布结果的那一刻，就连大饼都感觉到意外。

苏洺同当然不会甘心就这样让自己的人生毁于一旦，他最后还是决定跟律师说明情况：他根本不可能强奸大饼，因为他和大饼是直系亲属！

第八十章　你可以做我女朋友吗？

一切的变故，促使苏洺同现在的律师早就不是当初苏宇丰为他重金聘请的金牌律师了，他根本无心帮助苏洺同，而且种种的逻辑指向，也让他觉得这只是苏洺同苟延残喘的挣扎而已。另外，所有的证据太过确凿，连上诉的机会都没有，他可不愿意在这个"众望所归"的结果里跟这个落魄子弟继续折腾了。

于是，苏洺同没有等到第二次机会，他等到的，只是正式开始自己的第一次牢狱生涯而已。

大饼本以为这个事情终于有了她所期待的结果后，她会很开心、很欣慰，可是并没有。有的只是突然安静下来后，对梁树的进一步思念，以及对生活的质疑，因为她也听说了苏家的所有不幸。

"诗音，跟爸爸妈妈回去好吗？"宋公铭与王梅向大饼建议着。

"回去？"大饼心里一动，"是呀，回去呀，可回去能干什么呢？"大饼心中脑内闪过这些想法，"回去嫁人，生子，然后忘记梁树在她心上的痛吗？"大饼摇了摇头，"可回去能够陪在爸爸妈妈身边呀！"大饼又点了点头，"但是总有些东西放不下，总有些答案要在这个无边的世界里努力漂泊找得到，不是吗?"

宋公铭与王梅在旁边看着表情变了又变的大饼，耐心地等待着答案。这个时候，大饼的手机响了起来，上面的来电显示是:

小孩!

大饼看了看，突然想起来，是呀，当迷茫的时候，就把自己应该做的事情做完，然后下一步的答案自然就会出现了。

"诗音，你可以再考虑一下吗，难道你真的不跟爸爸妈妈回去了吗?"宋公铭与王梅在即将行驶的列车上，继续做着争取。

"爸爸妈妈，相信我，我也明白，没有什么比 家人在一起更加重要。"大饼也有些哽咽，"我现在更明白了，无论我在哪里，我们的心始终是连在一起的!"大饼说得那样坚定，"可我还有事情没有做完，我不想只做你们怀中的乖乖女，我想靠自己，成长为你们所期待的那个诗音!"

"无论你成为什么样子，你都是我们的诗音呀!"王梅刚想开口说这句话，宋公铭就用眼神制止了她，王梅旋即明白了自己的丈夫、同时也是孩子的父亲那种深沉的爱，她选择相信自己的爱人与女儿。

望着渐渐远去的列车，大饼重新拨通了赵凡的手机。

"喂，宋教练?"小孩的声音响了起来。

"是我。"大饼回答得倒也简洁。

"嗯……"小孩好像在犹豫着什么，大饼也不作声，"宋教练，那时你救了我的命，所以其实我感谢你也是应该的。"小孩顿了一下，"不过，你不是说过如果我需要帮助，你就会帮助我吗?"大饼还是不作声，就这样，两个人安静了好一会儿，小孩终于说出了自己的难处：

"宋教练，请问，你可以做我的女朋友吗？"

"哪种女朋友？"大饼有些没反应过来。

"就是陪我去见我爸的那种！"小孩倒是直截了当。

"见完你爸呢？"

第八十一章　刘海的另一面

赵凡也不知道带着大饼见完自己的父亲后有什么打算，他只知道，经历过那次绑架之后，他发现并不是天才就是无所不能的。从某种意义上讲，即便他多么不愿意承认，可他就是个小孩。包括他跟着来营救他的公安人员到了安全的地方后，无论他多么努力争取单独处理这件事情，可他们还是联系了他的父亲。

让赵凡感觉庆幸的是，赵涛这次放下了所有的生意，专门参与他的事情，这也是他印象中的第一次。自他记事以来，家长会、儿童节、就连他每一次获取奖学金作为学生代表上台发言，父亲也从来没有出现过一次。他看见赵涛担心的表情，让他觉得自己怎么从来没想过用一些比较偏激的手段获取父亲更多的关注呢？

当然那样取得的关注肯定对自己的未来是毫无益处的，赵凡应该庆幸母亲在儿时对他各类观念的树立，毕竟人生是自己的，所有伤害自己的事情，在有一天双亲没有办法陪伴之后，都会全部暴露在太阳之下，好得更加闪亮，而不好的则被晒得火辣辣一般疼痛。

赵涛派人护送赵凡回家，可小孩拒绝了，他要求跟着父亲一起，看着父亲如何处理这件事情，从头到尾。

出乎小孩意料的是，赵涛这次选择拒绝了他，其实可以理解，赵涛不会轻易放过敢伤害自己儿子的人，他担心赵凡看见了他处理的方式后会不适。

小孩当然不会明白父亲在想些什么，他也没有继续坚持，只不过他希望可以暂时先不回家，他想去看看刘海。

虽然这件事情是因为刘海而起，可就算不是刘海，他明白自己被盯上了，出事也是早晚的。换个角度，他甚至庆幸是刘海参与了这件事情，要不是刘海醒悟后拖延了一段时间，或许他现在已经残废了，又或者有更可怕的后果。

在刘海昏迷的这段时间，小孩亲自照顾刘海。换了一份心情，小孩突然开始不那么讨厌刘海，摸着刘海作为体特生结实的肌肉，让他感觉到一阵阵的血液上涌与下涌。

"怪不得这么多女孩喜欢刘海！"他自言自语着，"其实，他长得也不错。"小孩突然觉得：

"为什么我一定要找社会上的叔叔呢，这样年轻的肉体不是更美好吗！"

想到了这里，小孩开始更加用心照料起刘海。从小孩的嘴里，刘海就是那个他学完车后遭遇抢劫，然后奋不顾身救他的好少年。正因为此，小孩的父亲也好好地感谢了刘海的父母亲，刘海的父母在得知刘海没有什么危险后，也为自己的孩子感觉到骄傲，当然，更为在这些前提下得到这么多"感谢"而高兴。

永不放弃

小孩只是在心里笑笑，感叹怪不得刘海平时那样的行事作风，不过他也明白，刘海一家人骨子里面是正直而善良的。

也没有人说过，虚荣的人就一定是坏人呀！

第八十二章　一本正经的小孩
　　　　　　一丝不挂的小孩！

　　"然后呢?"大饼听着小孩一本正经地讲着后来的事情, 尤其是小孩坦诚他如何"袒护刘海"以及对刘海产生"性冲动"的时候, 不知道为什么, 这样的场景让大饼有些想笑, 可她看在小孩如此真实而信任自己的分上, 感觉笑出来又很不礼貌, 唯有心里默念了一句:

　　"奇怪的小大人!"

　　"不会就因为这些我要做你女朋友吧, 而且看起来你似乎也不太需要'女朋友'呀?"大饼嘴上说着, 其实心里也的确感觉奇怪。

　　"宋教练, 我一口气讲了那么多, 您稍等一下我喝口水呀。"小孩有些委屈, 也有些撒娇的味道, 小孩自己也奇怪, 他从小到大也不跟任何人撒娇呀, 还有上次我趴到她身上, 那种"恰到好处的温暖"、那丝好闻的味道、那刻舒适的感觉……

　　"喂!"大饼看见小孩又开始针对她的胸部做文章, 只不过上次是趴了上来, 这次又呆呆地盯着看! 可她又不好发作, 与上次一样, 她并没有感觉赵凡有那种猥琐的气息传来。

小孩被大饼的声音吓了一跳，只因为他刚才太过于专注，自小的经历让他暂时不相信女人，包括大饼，可大饼对于他又是特殊的，也许是救命之恩，也许是那种些许共鸣的气场，也许……

"不用也许了，我根本就不喜欢女人。"小孩心里闪过，他晃了晃头，继续跟大饼与其说是解释不如说是在讲述地继续下去……

"后来刘海醒了，我告诉他应该怎么说，同时威胁了他，毕竟他也需要被教育一下的，不是吗？"小孩倒是简单。

"嗯，细节你不用说了，我知道你有很多办法让所有人都被你的计划掌控。"大饼也懒得再听，"所以，到底为什么说让我做你女朋友？"

"因为我威胁刘海要做我男朋友，当然，我也没有亏待他，我高考成绩很不错，可他考不上，而且他因为受伤也耽误了，所以我把当年高中的生意正好交给他打理了。别说他了，就连他父母都觉得他没必要考大学了，因为他现在赚的钱也不少。"小孩说到这里还有些自豪的意味在语气里面。

大饼也不作声，用一种我就静静地看着你装的表情看着小孩，她知道，马上就要到关键信息了。

"可是我父亲从绑架事件之后，开始不放心我，然后找人偷偷地跟踪保护我，只不过他没想到。"小孩的语气又180度大转变，"然后……"

"然后发现你和刘海的事情？"大饼被勾起了兴趣，主动问了。

"何止呀，你能想象某天我父亲突然冲进来，然后我和刘海两个人一丝不挂的场景吗？"

第八十三章　同是忧伤的一朵女子

　　"所以！"大饼有些吃惊，"你跟刘海有……"

　　"其实也没有什么，只不过在目前，我们上一辈人接受起来可能有些困难。"看着小孩失望的神情，大饼突然觉得自己应该安慰小孩一下。

　　"不是有些困难，是根本无法接受。"从小孩的语气，应该可以判断出当时的结果，"要不是因为刘海是我的救命恩人，估计我爸会跟他拼命！"小孩的神情又转为恐惧，能够想象赵涛那天动了多大的真怒。"后来，我父亲找了刘海的父母谈过了，他们都不希望我们保持这样的关系。"

　　"这有什么用吗？"大饼突然替小孩有些不忿，"就算没有刘海，也会有其他人呀，他们这样做根本就不是在解决问题呀！"

　　"是呀，所以我才找你的。"小孩适时地接过了大饼的话。

　　"嗯？你想干什么？"大饼突然有些紧张。

　　"不是不是，你误会了。"小孩看着武力值如此强悍的大饼竟然有些害怕自己，不禁有些哑然失笑，"我跟我父亲撒了个谎，说我也是好奇，并不是真的喜欢男人，就是想尝试一下。因为我实际上有自己的梦中情人，就是当初我真正的救命恩人。"小孩其实也不知道自己现在说的话到底是真的还是假的，因为他在跟赵涛说的时候他明确自己就是在撒谎；可现在跟大饼复述的时候，又好像有些心虚。

不过无论如何，小孩还是那个天才，将一切都计划得很好。

"原来是这样，你希望我跟你去见你的父亲，帮助你证明一下。"在跟小孩继续沟通了一下之后，大饼终于明白了小孩的用意。

"是的，而且这也是我与我父亲达成的一个父子协议，对你也有帮助，不会让你白白帮忙的。"小孩在谈判的时候真的有些与年龄不符的成熟与专业，"只要我开始交女朋友，他就会正式支持我'第一桶金'做事情，但是前提是你很长一段时间不能跟你现在的男朋友在一起，又或者如果你单身也不能交新男朋友，要不然会露馅。当然，……"小孩本还想继续说下去，可他发现大饼的表情突然很忧伤，那种他从来不会想象，大饼这样的女孩，脸上也会有这样的表情……

第八十四章　这孩子太有心眼了

让人心碎、心疼、心酸，只是短短的一瞬间，大饼便调整了回来。可还是直接打动了小孩的内心，这和他当初明白母亲不会再常来看他，后妈无视他的那种感觉很像，就连当时自己的心情也很像——无力可是坚强！

"当然什么，你继续说呀。"大饼被小孩突然用一种复杂的眼光盯着自己看，有些心里发毛，但是又感觉到小孩离自己"很近"，她不愿意这样，所以想继续一下刚刚的话题。

"哦。"小孩也很快调整好了，"当然，无论最后我们用这笔钱做了什么，赔了我也没办法给你其他的补偿，但是赚了，我们就一人一半，可以吗？"

"好，成交。"大饼回答得很干脆。

"好，这是合同，你看一下。如果你违约，那么以后我们选择的事业全部归我，如果我违约了，同样！"小孩惊异于大饼这么快就答应了自己，不过他还是那样职业，这点让大饼不仅没有讨厌，还有些莞尔。

"这小大人的确有意思。"大饼在心里念着，但是口上说的却是：

永不放弃

"不用了，我这里肯定没问题。而且，我也不担心你会反悔。"大饼说的语气有点玩味。

"是呀是呀，那这样也好。"小孩读懂了大饼的戏谑，"我知道要是我反悔，你有无数种方法收拾我。"小孩碎碎念着，大饼倒也配合地突然用凶狠的眼神望向他，小孩直接想起了那天大饼"咔嚓"扭着那些人脖子的情景，眼前更是浮现了自己也是那些人中的一个，不由得打了个冷战。

大饼还是选择原来的地方，就是之前与小孩相识的那个驾校附近。小孩倒也大方，直接瞒着大饼将那里买了下来，还购置了很多诸如电视、洗衣机、空调等家用电器。大饼也没反对，反正在房子上面投资更是稳赚不赔，所以就当自己帮小孩理财吧，这么一想，大饼住得更加安心。

当然，最主要是两个人定下来的事业是：开拳馆！

那么大饼肯定要付出得更多呀，小孩打算用大饼的身手作为"营销方案吸引会员"的时候更让大饼确定了这个"女朋友"当得也不容易，只能感叹一句：

这孩子太有心眼了！

在紧张的筹备中大饼忙碌而且充实，可还是在每次训练中戴上拳套后，无法停下击打拳袋的动作。有时就算皮破了，新鲜的血液染红了拳套的里子，她也感觉不到"痛"！

小孩只是默默地在一旁看着，等着大饼累到躺在地上大口喘气的时候，再找人重新换一个拳袋过去，不过他没有为大饼更换拳套，因为他觉得那个拳套可能已经成为大饼的一种寄托。

拳馆离大饼的家并不是很近，这是大饼要求的，毕竟驾校的位置一般都比较偏僻，而拳馆还是开在人流相对集中的地方更好，大饼也乐于来回骑单车保持好自己的体能，小孩对此没有任何异议。

　　尊重大饼的同时还能更好地赚钱，很符合小孩的认知。只不过，小孩没想到，自己的认知马上就要因为一个来参赛的人改变了——白杨！

第八十五章　你关心我吗
反正我很关心你

　　"哈哈，就算除去那天被大饼姐打飞的那傻小子的医药费，这次营销活动还是赚翻了！"小孩盘算着这次活动报名费、后续因为热度高还有了广告费，以及很多物料都有人赞助了，"什么做生意至少要先亏三年呀，对我赵凡来说根本就不是呀。"赵涛给他的钱虽然都投资出去了，但是回来得更快。

　　"赚钱了是吧，记得把一半的钱转到这个账号上。"大饼就这么悄无声息地走进了小孩的办公室，然后看着忘我陶醉的小孩"表演"过后，直接说了这么一句话……

　　小孩那肉疼的表情让大饼感觉一阵阵好笑，"千万别忘记哦。"大饼突然很温柔地"提醒"了一句小孩，然后捏着手指"嘎巴嘎巴"声地转身离开了小孩的办公室。

　　每捏一声，小孩感觉到脊背发凉一次，不过很快小孩就忘记了这件"不愉快的事情"。因为他开始整理会员费的账目了，由于大饼展示出的实力与颜值，还有身段（可能颜值和身段最重要），所以会员卡办得很顺利，"哈哈……"小孩又开始陶醉，"哈哈……"。

大饼感觉在自己的办公室都能听到小孩的笑声，又忍不住想去"收拾收拾"这个小大人了。

"宋大饼，有人找你。"前台的美女适时地叫了大饼的名字，也是大饼要求其他人就叫她"大饼"的，因为她要时刻提醒自己，那种精神力量。

"是你?"看到白杨的一刹那，大饼有些不快，她不想过多地牵扯进别人的生活，就算小孩，在她目前看来，也是一种合作关系而已，可她没有发现的是，这种关系在潜移默化地改变。

"嗯……"白杨突然不知道自己该说什么，"那个，那个，谢谢你那么关心我。"

"啊?"大饼感觉这人简直莫名其妙，该不会真的被自己打傻了吧。

"不是不是，我不是这个意思。"白杨从来没觉得自己这么窘过，"我是说，我很关心你。"白杨突然觉得自己找到了话题，"对对，就是打了这么久，你有没有受伤啊。"

大饼觉得白杨有些好笑，尤其是他脖子上还带着"颈托"呢，还来问自己有没有受伤。"嗯……我想，你还是先关心你自己吧，如果没有什么事情，我就不接待你了。"大饼倒不是太客气。

"好好，那这个给你。"说着白杨把手里的花递给了大饼。

"好，谢谢。"大饼很客气，但是顺手把接过来的花给了前台的美女，也是在向白杨委婉地表达了自己的意思。

前台美女倒是不介意，更不客气，她们早就看上了这个帅哥，接过花就看向了白杨，眼中含着一种"你约我吃饭呀，你怎么还不约我呀"的意思。

可白杨压根没有看她们，只是低着头，然后没有说什么就走了。其实白杨也不知道要说什么，毕竟，他还没有谈过恋爱，并不知道怎样表达自己的情感。

第八十六章　你还要继续坚持下去

"哥，你说的是真的？"虽然白莹对于自己的大哥有着无限的依恋，可还是希望他能够找到自己的幸福。

"嗯……"白杨看着有些过度兴奋的妹妹，有些不好意思起来，"我也不知道，反正就是感觉见到她的时候就很开心，见不到就会想她正在干什么呢。"

"好啦，我的大哥，我知道了。"白莹确认了自己哥哥的感情，开始琢磨当起了狗头军师，"所谓知己知彼，百战不殆，凭我哥哥的外形加个性，加上我的帮忙，不信追不到我未来的嫂子！"

白杨傻笑地看着妹妹摇摇头，"自己都没谈过恋爱呢，还给我做指挥？"不过白杨并没有说出口，他只是觉得他和妹妹突然有了新的话题和目标，也不错。

小孩当初的计划就不仅仅是拳馆，而是集游泳、健身等一系列综合的场馆，可因为大饼的关系，拳馆的面积占据了至少一半以上，而且设施也是最好的。当然，大饼给他带来的回报也是超值的。后续他又发现很多办卡的会员都是为了跟大饼学拳，也适当地提高了大饼的教学费用。

永不放弃

大饼的学员很多，所以她很忙，不过她还有一件事情要忙，就是每天白杨都会过来一趟，然后拿着一束花，同事们直接给白杨起了一个外号——"黏糕"。

终于有一天，大饼没有爆发，小孩爆发了！

"宋大饼，黏糕又来找你了。"已经一个月了，前台小姑娘不仅没有喊烦，反而挺高兴的，因为又有帅哥的花可以收了。

小孩这次比大饼还快，气势汹汹地走向了前台，大饼在后面看看小孩，也没当回事。

白杨感觉到了小孩的敌意，转头看向小孩，觉得有些奇怪，白莹在这里"潜伏"着帮自己关注宋大饼，没说她除了工作之外有外出约会的情况呀。

"你可以不要每天来这里吗？"小孩刚想张口说这句话凸显一下气场，可大饼先他一步开口了：

"你可以不要再来送花了，因为这是我男朋友！"

"对，而且我也是这家场馆的老板！"小孩倒是顺着大饼的话下个坡，派头十足！大饼觉得有些想笑，因为小孩每次在她面前的时候都有点"二"，不过一旦到了公共场合，就一本正经起来。

白杨恍然大悟，之前他们讨论的那个"小老板"就是这孩子呀，白莹也在家提过几句，说这孩子刚准备上大学。不过赵凡虽然年龄不大，但是个子不算矮小，而且相貌很端正，甚至还透露出一种成功人士的风采，站在大饼身边倒是也挺般配的。

白杨感觉有些受挫，"哦，对不起，我不知道你有男朋友。"然后把花递给了前台，向着小孩微微一颔首示意，有些颓然地转身走了。

"什么？"晚上回家白杨跟自己的妹妹说了这件事情，白莹很惊讶，"不可能的呀，我为了帮你观察未来嫂子，报了她的私教，而且我最近天天都待在场馆里面，看不出来他们是男女朋友呀！"白莹看着哥哥的颓样，想给白杨打打气，"哥，这个事情肯定有蹊跷，我回头再帮你收集一些情报，你还要继续坚持下去！"

第八十七章　她是我的梦中情人？是！

　　小孩在白杨走之后突然有了一种很自豪的感觉，便突然萌生一个念头：要是真的该多好呀！我们一起赚钱，一起生活，她还可以保护我。

　　他突然站起身来，打算去大饼的办公室，他就是单纯地想看看她。可刚一打开办公室的门，正好撞上了一位不速之客——他的父亲赵涛！

　　赵涛之前见小孩带着大饼来的时候就有些意外，这大饼的发型的确标新立异了一些，另外气质也很冷漠，更是比小孩大了足足9岁。不过再怎么说，总好过小孩去尝试一些让自己家绝后的事情，而且也觉得自己的孩子还小（无论小孩在外面做出了多少事情，可在父母眼中永远都是长不大的孩子），估计也就是图个乐呵。

　　于是兑现了诺言。

　　可他并不会完全放手，他依然找人去调查了大饼，结果令他大吃一惊！

　　大饼当年与梁树、苏洺同的事情风波很大，并不是太难调查，他还是觉得有必要和自己的儿子谈一谈。

"她真的经历过这么多事情？"小孩听完父亲的陈述之后问着。

赵涛意外于小孩的平静，而且小孩表现得并不是他想象中的那样，而是有一种关怀与伤心的意味。"小凡，你该不会对这个女人是真心的吧？"

"是的！"如果说小孩之前萌生的念头掺杂了不确定，那么他现在已经完全确定了。这样一个对爱情不离不弃的女人，就是他想要的。他甚至原本以为，已经没有这样的人了。尤其是大饼经历过这么多事情后的坚强与努力，让他更觉得她真的可以保护自己一生一世！

"可是她差点跟其他人结了婚，而且又被强奸过呀！"赵涛觉得自己的孩子是不是哪根筋搭错了。

是呀，怪不得自己怎么去逗她开心，想办法跟她示好，她也还是那么冷漠地对自己！原来她只是想要独善其身；原来她的心和她的拳套一样，都流着血；原来她是这么需要人真正地去关心呀。我想，我一定可以做到！

"喂，你有没有听到我说的话？"赵涛看着正在发呆的小孩不耐烦地提醒着。

"爸，我不是早就跟你说过，她是我的梦中情人吗！"小孩目光坚定地直视着赵涛，算是回答了。

"哈哈哈哈……"赵涛大笑起来，自己这个儿子真的是长大了，竟然还有些能够跟自己平等交谈的气场，"好好，你胡闹吧，等你哪天闹够了，老子替你擦屁股！"赵涛想到大饼也没有任何不良记录，又觉得儿子只是年少轻狂而已，反正男孩子谈个恋爱也不吃亏，就让他先折腾去吧。

当然，还有一点，目前儿子事业做得不错他也了解，并且与这个女人也有很大关系。大学生也该谈谈恋爱，作为父亲，哪能什么都管呢。万一弄得逆反心理了，后面再折腾出什么事情，更麻烦。

第八十八章　阵地后方的特务人员

"哥，我猜得没错，未来嫂子对那个小孩从来都是一副冷脸，估计也就是看上那小子的钱了。"白莹突然觉得自己这么说好像不太合适，"不是不是，未来嫂子应该不是拜金女。"可又感觉自己这样好像有点此地无银三百两的意思，"哎呀，反正就是，你应该很有机会啦！"白莹对于大饼曾经救过自己也一直心存感激，所以要是自己的大哥能跟她在一起，她觉得也是挺不错的，尤其是哥哥之前看起来都对爱情免疫了，好不容易才恢复正常了，她这个做妹妹的当然要积极一点儿了。

"另外，那个小孩跟我同一所大学，就算大学管理很松散，比如情侣出去同居、上课睡觉看漫画，甚至逃课这些事情很普遍，可大一管得还是很严的。而且，我听说他在学校里面还做了一些生意，所以他应该也不会总去打扰你的。"白莹想想又补充了一下。

白杨看过大饼的拳套与拳袋，他明白大饼肯定不是什么拜金女，"她应该和自己一样，有着不能说的秘密！"白杨心里念着，不过这些都不重要，因为白杨早就下了决心，就算大饼有男朋友，他也要追！

"宋大饼，黏糕又来找你了。"前台小美女感觉每天传话都成自己工作一部分了。

"你让他回去吧。"大饼在对讲机里面回应着。

"好，花我放前台了，我一定会再来的。"白杨冲着对讲机喊了这句话之后就走进了场馆里面，看了一眼大饼之后再离开。

前台小姑娘并没有阻拦，因为拿人手短，毕竟每次都拿了白杨的花。大饼感觉到白杨在她办公室的玻璃门外转了一圈就走了，她已经有些习惯了，有的时候她会去前台确认一下这个人是不是真的这么有毅力每次都过来，可能也有小小的虚荣心在作祟吧。有的时候就在对讲机里面（跟小孩是否在场馆也有关系，大饼不知道为什么小孩在的时候还有点心虚），反正她是知道的，他每次都要看自己一眼才会走。

慢慢就连小孩都习惯了，他发觉反正大饼也是不冷不热的。他一般不是那么在意"茶余饭后的舌根"，可是场馆的人不知道他跟大饼的协议，有很多想要巴结他的还会私下报告大饼和白杨接触的情况，他对这个还是很在意的，所以他更加确认大饼对他没有兴趣。

虽然，大饼看起来对自己也没什么兴趣。

只是小孩不知道的是，白莹却在"阵地后方"想方设法地攻陷大饼。大饼认出了这个她曾经救过的女孩，不过冰雪聪明的白莹在大饼面前从来不表露出来这些。除了跟大饼学拳，就是跟大饼聊天，聊她从小到大的一切，更主要的是聊她的哥哥多么有担当又善良。当然，在"范立的片段"，她只是用了范立自然死亡，然后他们兄妹自然继承的说法。

第八十九章　我们都是食物

　　初始大饼也不是那么在意，就是简单地把白莹当作一个学员而已。不过学拳很辛苦，尤其是跟大饼学，很多学员都是一批又一批地"初期天天来"演变为"后期三天打鱼，两天晒网"继而"作废了卡项"，可白莹自始至终都坚持得很好。而且白莹长得又漂亮又善解人意，加上大饼那个时候就对这个女孩印象不错，最终她们竟然成了好姐妹！

　　慢慢地，大饼只对"毫无目的"的白莹敞开了心扉，她也会跟白莹讲，她曾经的那些故事……

　　很快，一年就要过去了。白杨在白莹的描述中，更加坚定了对大饼的感情。而小孩在与大饼的相处中，更多地发现了大饼冷漠的外表下，那颗专注而富有责任感的内心。

　　可是大饼呢？

　　其实在白莹取得大饼的信任后，也会常常问起大饼：

　　"大饼姐，那个黏糕又来了呀，你是不是也不讨厌他呢？"

　　"大饼姐，这个小孩还真的和大多数游手好闲的纨绔子弟不一样呢，你是不是也不讨厌他呢？"

　　大饼自己也不知道答案，她明白两个人对自己都很好，也清楚自己在这个过程中渐渐有了一些心动的感觉，但是她有些犹豫，犹豫要不要开始，也在犹豫到底跟谁开始……

"大饼姐，要不然你考虑一下跟我哥哥见个面吧？"白莹帮大饼做出了选择。

不得不说，白莹每天在大饼耳边的渲染还是很有作用的，这让大饼觉得白杨和小孩比较起来，还是更熟悉了一些。而且本身她就在各种因素下犹豫不决，在她所信任的白莹推动下，她就正式决定尝试一下爱情了。

"梁树，我要勇敢追求幸福了。"大饼在心里默默念着，此刻的她坐在白莹为她专门约的汽车里面前往约会地点。

白莹特意帮大饼选择了裙子以及饰品，但是却没有帮大饼弄头发，因为大饼在这一年不算短的时间里面，依然保持了寸头的风格，她之前从心底里还没准备好"再出发"。加上她只跟白莹走得那么近，要不然之前传过她是小孩的女朋友，大家还以为中性的她在和白莹谈恋爱呢。

在车上大饼的脑中不停闪烁着各种片段，有发生过的，也有没有发生的，不过因为她家离白氏兄妹的花田并不远，所以她还在发呆的过程中，就已经到达了目的地。

白杨今天竟然穿了一身军装！

别说，白杨挺拔的身材加上那张俊俏而阳刚的脸，一瞬间真的让大饼有些恍惚了，让她一下子想起了自己最为宝贵的军旅生涯，感觉心里有某些东西正在融化。

"你好，大饼同志，我是黏糕，我们都是食物，看来我们还真的是绝配呀！"白杨边说边从身后拿出给大饼的礼物。

大饼第一次正式接了过来，可这次不是鲜花，也不是巧克力或者其他的女孩子的专属，而是一对"迷彩拳套"……

第九十章　黏糕与小孩

　　"怎么样，大饼同志，我们以后一起在这片花海里面训练好吗?"白杨边说边指着之前大饼见过的挂着拳袋的地方，大饼发现已经又多了一个拳袋挂在那边了。"还有，我比不过你打架的功夫，不过我们可以一起跑步，看谁先累倒;可以一起爬山，看谁先到达顶峰;可以一起下海游泳，看看谁先游到我们永远到不了的快乐终点。因为，我知道，我们无论谁输谁赢，最终的结果，都是赢了一个陪着自己去做这些无聊事情的人。"

　　"我怎么可能这么轻易就答应你，估计你也给我准备了衣服吧，别拖着了，赶紧的吧。"大饼早就受不了现在这身打扮了，也毫不拖泥带水。

　　过了一会儿，两个人已经换好了轻便的运动服装，大饼觉得衣服很合身，鞋子也很合脚，甚至款式都是自己曾经不经意提过有些喜欢的，她知道这是白莹的功劳，那么白杨呢?

　　"我先出发五秒，你不是想追我吗，五秒之后你再出发，我们就绕着这片花田跑，如果你追上我，我再考虑你的提议!"大饼说完已经跑了出去。

　　白杨愣了一下，没想到大饼说跑就跑呀，"哈哈哈……"但

永不放弃

是马上开心地大笑着追了上去。

在这一天，这一片明媚的阳光下，两个充满能量与活力的年轻身体肆意地奔跑着……

"小孩，我想和你说个事儿。"大饼这次不同于以往，反而有些歉意的感觉，让小孩察觉到可能有自己不希望的事情即将发生。

"大饼姐，我大二就更加自由了，你看我们的事业做得这么好，我俩这么合拍，我们是不是可以考虑开分店了，或者你想做些其他的方面生意，我都会支持你。"小孩不愿意听到大饼想要找她商量的事情，还在努力争取着。

"对不起，小孩。"在情感这件事情上，人最害怕听到的就是"对不起"，可大饼还是说出来了，小孩知道，可能无法挽回了。"一年了，我想当初你让我假扮你女朋后的事情应该已经有结果了，也很感谢你这一年的各种照顾。"大饼顿住了，因为这绝不是她的客套话：

她明白，小孩在这一年里，时时刻刻想着哄她开心。每次她饿的时候美食马上送到身边，渴的时候水马上递到眼前，闲的时候马上就有零食堆满了办公室。点点滴滴，她明白这都是小孩的安排，她也都看得见。

"我还是当初那句话，有什么困难你都可以找我。而且这场馆以后就只属于你了，不要什么收入都分我一半了，不是更好吗？"可大饼还是表达了自己的离意，她也想过，她其实可以继续在这里工作下去，不过她一旦开始把心房再次打开，她也会担心自己太过于游移，这样对三个人都不是最好的结果。

第九十一章　付出与收获

　　"我现在就有困难，因为如果你离开了，我肯定不会再喜欢其他女人！"小孩竟然流泪了，这场景也让大饼有些触动。"我喜欢你，大饼姐，我喜欢你，你知道吗？"小孩紧接着再无法控制住自己的感情，竟然直接表白了。

　　要是其他人说出这样的话，别说是个还在上学的学生了，就算是很多那种看似成熟的男性，大饼也一样会认为幼稚可笑。可小孩真的不一样，她虽然不知道小孩从小到大经历过什么，更不知道小孩当时的心理状态多次的转变，不过一个小孩，在对应的年纪却选择了成熟，这本身对于一个孩子来说，就是最大的伤害。这样的人往往会将自己的感情藏于心底，因为他们担心付出了之后反而受到的伤害更多。可他还是选择付出了、表达了，证明他对自己的真心。尤其两个人还具有这样的年龄差，是呀！

　　"年龄差？"大饼突然想到两个人的年龄：

　　"小孩，我比你大了 9 岁呀，我们也真的不合适呀，你肯定能找到更年轻漂亮的姑娘。"大饼言不由衷地搪塞着。

　　"哪里不合适？"小孩觉得这根本不是理由，"男的比女的大

永不放弃

9 岁大家都觉得很正常，女的比男的大 9 岁怎么就不行了？"小孩突然又想到，"我觉得人的感觉都是相互的，我明白你对我很冷漠，但是我能察觉出来，你并不讨厌我，不是吗？"

"你这个小孩！"大饼竟无言以对，"那你家人呢，就算我同意，你家人也会同意吗？"大饼分明能感觉第一次见赵涛时，赵涛的态度把她与小孩的"恋爱关系"根本没当回事，而且后期赵涛也没有来见过她，又或者其他的沟通，这对于已经见过"至亲"关系的女朋友，本来就不正常呀。

"我……"小孩的确也能够感觉到父亲的态度，尤其是上次赵涛调查过大饼之后。他明白，赵涛从心底还是没有接受大饼的。"你是不是已经喜欢其他人了？"小孩知道自己没有什么理由了，但还是想确定那一点点的希望，也不想让大饼最终离开的原因是因为自己，事到如今，他想给自己留下最后一点点尊严。

"是的。"大饼知道如果在这个时候不斩钉截铁地回答，只会让事情变得更加复杂。

"好好，大饼姐，谢谢你的坦诚。"小孩擦了擦眼角，突然感觉一身的轻松，"这场馆留给你吧，我想跟我父亲要求出国留学，看看外国人的钱好不好赚。"小孩很轻松地笑笑，他明白如果他给大饼钱，大饼一定不会再要，但是这场馆，大饼付出了很多心血，她应该不会拒绝。

那一天，小孩在机场很潇洒地朝着自己的父亲，以及大饼、白杨、白莹挥了挥手，转身离开的瞬间也依然微笑着，他没有任何遗憾与怨恨，他感谢大饼，是大饼让他的生命重新有了阳光，让他懂得了人会因为付出而更加快乐。

第九十二章　消失的白莹

日子看起来按着正常的轨道走下去了。大饼将场馆经营得很好，即将毕业的白莹有段时间也成为大饼场馆的游泳教练，有了白莹，生意又火爆了一阵子。

一年后，白莹毕业，同时大饼有开始分店的计划了。了解大饼想法后的白杨和白莹干脆商量着把这片承载太多记忆的花田卖掉，用来支持大饼。

白氏兄妹没有跟大饼商量就很快地完成了资金的筹备，因为他们这么多年经营得很好，要价又不算高，所以进展得也很顺利。

大饼并不明白其中的细节，只是感动于白氏兄妹的仗义。这样，分店就算是三个人合伙开设的，由于白杨以前做生意也很有经验，以及他们三个本身就是活品牌，所以生意依然蒸蒸日上。

随着和白氏兄妹的相处，大饼和白杨的感情进展得也很顺利，毕竟有着相同的爱好，共同的事业，相似的善良，这样的两个人就好像专门设定好的一样。同时，大饼开始计划要将宋公铭和王梅还有静锐都接过来了，他们都是大饼的家人，而一

永不放弃

家人在一起才是最重要的！

只可惜，大饼还有一位"家人"，只是大饼一直不知道他跟自己的血缘关系。

这位"家人"在黑暗中看着大饼一点点幸福，他即将张开他无耻的獠牙，又一次打碎大饼的梦。

"诗音，白莹今天没回来，是跟你一起住了吗？"白杨打过来电话询问着，如果白莹不回家的话一般都会提前跟他讲的。

"没有呀，她刚才已经回去了呀。"大饼听到急忙回答，不过她并不太担心，因为白莹跟他们现在也学习了一些防身术，遇到危险的话，虽然不至于像她一样大杀四方，最起码可以打回一个电话。

"啊？这孩子，那我直接打她电话问问吧。"白杨与大饼一样，也没有太过于担心，白莹也大了，也要有自己的空间了。

可马上，他们就又开始担心了，此刻大饼跟白杨已经见面，正在一起皱着眉头。因为白莹的手机是一个男人接听的，他给了一个号码，指名要大饼回电话！

"喂，这么快就回电话了，看来这个女孩真的对你很重要呀？"对方的声音在听筒的那边响起，大饼不禁惊出一身冷汗，因为她听出了这个人是谁：

他就是，苏洺同！

他失去了一切，也痛恨这一切，他越狱了！

他确认自己的家业不在、亲人已逝后，强烈的恨意在他心中蔓延。只可惜他不懂反省自己所犯过的所有错误，反而变本加厉地认为这都是大饼的原因，他一定要让大饼偿还他失去的一切！

"欺负一个小姑娘算什么能耐，有本事直接来找我呀!"大饼没有过多地思考，她知道现在确认这确认那的也没有什么用，还不如直截了当一下，尽快确认白莹的安全才是最重要的!

第九十三章　丧心病狂的苏洺同

"小姑娘？"苏洺同在电话那边反问，"哈哈哈哈……"苏洺同就好像遇到什么好笑的事情一样，可分明笑声里面含着无限的怨气，很难听、很刺耳。"什么小姑娘不小姑娘的，你当年不是小姑娘吗？我就是没看明白你们这些小姑娘的真面目，才会落得今天的下场！"突然苏洺同的声音呜咽得更严重，"那可是你的亲爷爷呀，你怎么舍得连他也害？"

"你说什么？"大饼被苏洺同弄得一头雾水，"什么亲爷爷？"

"爷爷那么健康，身边更是从没有少了随从，怎么会突发心脏病去世？而且我听说了，就是因为去见你妈妈时候的事情，你还有什么好狡辩的？"苏洺同觉得大饼到这个时候还不面对现实，更加气愤了。

"你在说什么？"大饼隐约也感觉到有什么事情不对，"请你说清楚一些。"

"这还用清楚吗？你现在的事业做得这么好，不是害死爷爷之后和那帮人一起占了家产吗？"苏洺同说着，牙齿更是咬得咯咯响，有些瘆人。

"你乱讲什么，什么害死爷爷？而且我告诉你，这事业是我和朋友一点一点做起来的，我宋诗音行得正，你们家的事儿和我一点关系没有。"大饼有些明白了，苏洺同这是把所有的事情都迁怒到自己身上了，欲加之罪，何患无辞呀！

"我们家的事儿？哼，好个我们家的事儿，你连我这个亲弟弟都不认，撇得可真是清楚呀，果然是最毒妇人心！"苏洺同冷言以对。"既然你不仁，那就休怪我不义，你夺走我身边的一切，我也不会让你好过！"

"等等，我真的不知道你在说什么。你说你爷爷是见我母亲时候去世的，那么我会去找我母亲问清楚，我一定会尽快给你一个交代，不过我可以请求你可以先不要伤害白莹吗？"大饼判断出事情的复杂性，她觉得需要先稳住苏洺同，因为她也需要搞清楚到底是怎么回事之后再做处理。

"你放心，没折磨够你之前，我是不会怎么着她的，不过就看你的表现了！"苏洺同森然地说着，"过会儿我发给你一个要求的数目，明天这个时间我会再联系你，希望你能凑齐，要不然结果你是知道的！"

苏洺同说完便挂断了电话，很快大饼就收到了短信。白杨和大饼看了一眼上面的数字之后倒吸了一口冷气，这别说是一天，就是一个月也根本没办法凑齐呀。

与此同时，苏洺同在电话的另一边冷冷地笑着，他觉得自己的计划很完美：

钱是万能的，榨干大饼的财产后，自己以后带着这些钱流亡生活也会好过一些。然后，再慢慢伤害大饼……

第九十四章　残忍的真相

　　时间是一味良药，会让很多事情被冲淡，可是也会促使很多事情越来越浓厚。

　　"大饼姐！"尽管很久不联络了，可是小孩看见手机上显示自己日夜思念的人时，才发现她在自己心中的位置越来越重要了。

　　"小孩，我遇到难事了，需要钱！"大饼有些不好意思地说着，白杨也在旁边，这样的场景有些别扭，可现在白莹的安全才是最重要的事情！"我后来又开设了几家分店，包括一开始我们一起经营的，全部都可以给你，因为我真的很急着用钱。"

　　"好，你要多少？"小孩明白如果不是万不得已，大饼肯定不会突然这样做的。

　　"啊？这么多……"大饼报了数字之后，小孩感叹一句，不过随即明白这次大饼遇到的事情肯定非同一般，"不，我不是那个意思，只不过这么多的现金，我也需要一点儿时间。"小孩旋即觉得自己还是不要让大饼误会自己刚才的第一反应才好。

　　"我也知道自己有些过分，可是小孩，我真的很着急，因为如果明天晚上 10 点之前凑不到的话，……"大饼想了想，不知道如何表达。"总之，如果可以，请你尽量快一些好吗？"

"好，不过你可以告诉发生什么事了吗？"小孩是真的很关心大饼，想了解情况后，看看自己能不能再帮些什么忙。可他并没有开口问这句话，因为他觉得如果他现在问了，可能也就是给大饼徒增烦恼，所以他回答得很简单：

"好，我在那个时间之前，一定帮你凑到钱！"

白杨在一旁心里稍微有些复杂的情绪，可是想到白莹的情况，也顾不得那么多了。另外，他知道作为一个男人，这个时间也要更加专注才行：

"诗音，白莹会没事的，我们也先睡吧，养好了精神才能更好地应对以后的事情！"

第二天一早，白杨就陪着大饼来找王梅（王梅与宋公铭还有静锐都已经接过来了），大饼觉得应该有很重要的事情，自己还不知道！

王梅和宋公铭听了大饼的描述，对望了一眼，像是在说：有些事情，早晚都要见光的。他们看了看白杨，毕竟要考虑到女儿，所以不知道白杨在场是否方便。白杨和大饼当然读懂了他们的意思：

"爸爸妈妈，你们就直说吧，关于我的过去白杨也都知道，而且都到这时候了，我们任何一个人就不要再有任何隐瞒了。"白杨本来起身准备回避，大饼却选择另一种处理方式。

真相有时候的确很残忍，就是大饼也有些承受不住，呈现一副茫然不知所措即将崩溃的神情，幸好白杨在身边一直观察着自己的爱人，赶忙及时地给予一个怀抱。但是这样的温暖于此刻的大饼异常重要，他直接撑起了大饼那颗坚定的心。

"爸爸妈妈，这个人现在已经成为野兽，他听不进任何的解

永不放弃

释与道理，我和白杨会去处理这件事情，同时为了避免我们分神。"大饼收拾心情，跟宋公铭和王梅交代着事宜。

"我们知道，我们会和你静锐阿姨先找个安全的地方，你放心吧，隐居这件事情，可能没有人比我们更擅长。"宋公铭和王梅同时说。

第九十五章　千钧一发

"呦呵，我的姐姐，没想到你真的能筹到这笔钱呀！"苏洺同阴阳怪气地说着，"是不是已经身无分文，顺便还欠了一屁股债呀，哈哈哈哈哈……"

"说吧，需要我怎么样？"大饼懒得跟这样的人逞口舌之能，另外，她也的确着急白莹的状况。

苏洺同作为要钱的，当然更急了，大饼这样的态度也正符合他的计划。细节就不用多说了，肯定反反复复折腾白杨和大饼好几遍，中间还让他们把手机都扔掉，换指定地点的手机等，最后才把钱袋放在某一个地方。

"信号是这里吗？"白杨小声地问着。

"对，看起来这也适合他藏身。"大饼轻轻回答。

大饼和白杨用了很先进的追踪器放在钱袋里面，所以不出所料的话，他们已经找到了苏洺同绑架白莹的地方！

随着信号越来越近，他们也看见了躺在床上呼呼大睡的苏洺同，和一旁手脚被绑、口上封着胶带的白莹，虽然天色很暗，但是还是能够看出来白莹这段时间憔悴了不少。

大饼和白杨对了个眼色，白杨去照顾白莹，大饼则是急速冲向酣睡的苏洺同，打算一击制服。然后大饼惊住了，因为：

这苏洺同是个假人，鼾声只是一个收录机放出来的！

与此同时，灯亮了，苏洺同不知从什么地方走了出来，手里握着已经打开保险的手枪：

"我唯一的亲人，看起来你还真的是很重'亲情'呀，这么着急见我，是不是太希望可以早些相认了？"

"洺同，我知道我说什么你都不会相信。"大饼没有理会苏洺同的阴阳怪气，"不过一人做事一人当，这跟他们兄妹没有关系，我留下，你放了他们，可以吗？"

"好啊！"白杨刚想开口劝阻大饼，他知道苏洺同花了这么多心思，就没打算放过他们，又何必求他呢！可没想到的是，苏洺同竟然同意了大饼的想法。"但是我需要你给我一个答案，当初你为什么一定要我坐牢？"

"我就是一定要让你坐牢！你自己想想，如果当时你没有发现了我们有血缘关系，你会停下来你的举动吗？"大饼觉得此刻尽量多地把苏洺同的注意力转移到自己身上比较好，不过她说的也是她的真实想法。"你再想想，你刚刚设计了一个女人的未婚夫，她从任何角度出发，都不可能想会跟你上床的！"大饼说着说着想起了梁树，情绪不免也有些激动。"苏洺同，我告诉你，我那个时候真的不知道我们有血缘关系，就算我知道，我也会做一样的选择！"

"好好好……！"苏洺同有些癫狂的味道，"既然你不仁，那也休怪我不义了！"他摇晃着手里的枪支突然指向了大饼！

而更加出乎所有人意料的是，大饼竟然迎着枪口冲了上去！

第九十六章　白杨偷袭大饼

大饼就在等这一刻呢！

此刻的大饼觉得自己已经成功地点燃了苏洺同的怒火，并且确认这怒火只烧向她。她看到苏洺同手里的 64 式手枪，子弹应该最多有 6—7 发，那么她冲过来，苏洺同的注意力又都在她身上，应该会在这样的情况之下把所有子弹全部打在自己身上，那么白杨和白莹就有机会了！

突然，大饼停住了！

因为，苏洺同用另一只手扬了扬，他手里面，正攥着一个遥控器！

大饼立即明白了，苏洺同早有防备：白莹的身上一定绑着炸弹。

"哈哈哈哈……"苏洺同的笑声越来越让人厌烦了，"我亲爱的姐姐，你的厉害我早就了解，我这个未来姐夫我也调查过，也不是个普通人。我怎么可能就拿着一把手枪，不做其他准备呢？"突然，苏洺同的表情又变得很忧伤。"你竟然打算跟我拼命，为了这些人跟我拼命！如果我们一直都是姐弟，你也会这样保护我的，对吗？"

看着疯疯癫癫的苏洺同，大饼没有心情看他"表演"，她只是向白杨看了一眼，白杨就明白了，赶忙确认了一下。

白莹身上果然有炸弹！

"好了，好了！"苏洺同突然又换上一副凶狠的表情，"我还要跟你们玩最后一个游戏。"

"你要是敢伤害他们，我一定跟你拼命！"大饼此刻也失去了冷静，她只知道，此刻的她唯一的资本就是拼命！

"不过我猜，你暂时不会这么想的！"苏洺同说着，大饼也随即听到身后巨大的金属声：

原来刚刚她们偷袭"假苏洺同"以及营救白莹的空间，突然落下了一道铁墙，将白氏兄妹困在了里面。

"别急别急，我亲爱的姐姐。"苏洺同森然地说着，"你可以进去把那个女孩换出来，我可以保证她的安全，我本来是想困住你的，可想不到你冲出来这么远了。"

铁墙上还有一个小铁门，正好够苏洺同持枪顶住每一个进出人的太阳穴位置，所以此刻的苏洺同有恃无恐，让白莹先出来（白杨已经给白莹松了绑），然后让大饼进去。

"你是想看到你哥哥死呢，还是你未来嫂子死呢？"苏洺同反手将铁门锁上之后对白莹似笑非笑对问着。

"我想让你死！"看着苏洺同的表情，白莹只感觉到一阵阵的恶心。

"哈哈哈哈……"苏洺同又在笑，"我们一起期待明天早上的答案吧！"

"快找找，看看这里有没有什么破绽，我们能不能出去？"大饼看到身边关上的铁门，急忙对白杨说。

白杨配合着大饼，但是这里几乎完全密闭，就算两个人再厉害，也没有办法逃出生天。

"这样下去，可能空气都不够用了。"大饼有些担心地说着。

"咦，那儿有个排风口！"白杨突然指着一个角落。

"哪里，在哪呢？"大饼连忙起身朝那个角落过去，此刻完全背对着白杨。

"咚"的一声闷响，大饼只觉得白杨从身后给了她一记重击，她的眼前开始模糊，毫无防备地晕倒了……

第九十七章　他们存在于她的未来从未离开！

　　"怎么样？惊不惊喜，意不意外？在这样的空间里面，氧气慢慢地就会不够用了，但是我觉得这样的招待还是不够热情，所以一个小时之后，还会有毒气给你们加个餐。不过在刚刚绑着白莹的座位下面，有一个防毒氧气面罩，但是只有一个。不要想着两个人可以换着用，因为面罩的使用时间绝对只刚刚好够一个人的。你们不是相爱吗，不是要结婚了吗，我来帮你们考验一下你们的爱情，不用感谢我，你们满意就好！"

　　在铁墙落下的一刹那，随着铁墙有一个收录机也发出了苏洺同的声音。只有白杨和白莹听到了这段录音，因为大饼此刻还在这个"封闭空间"的外面，当听到铁门打开，传来大饼的声音：

　　"白莹，快出来。"

　　两兄妹松了一口气，还以为大饼想办法击败了苏洺同，可还没来得及反应，下一秒大饼已经被关了进来。白杨一瞬间就明白了，这为他们专门准备的游戏还要继续着。

　　第二天早晨，苏洺同打开了铁门，看见近乎赤裸的大饼趴在地上，脸下面有湿透的衣物，背后也有明显的重击伤痕，而另一个赤裸的白杨则蜷缩在角落，戴着防毒面罩。

"大饼姐，大饼姐。"白莹奔向大饼，看到这个场景，不用想也明白了这件事情的最终结果。

"我亲爱的姐姐，没想到你的未婚夫真的这样'爱'你。"苏洺同似笑非笑、似哭非哭，毕竟大饼也是他在世界上唯一的亲人了。"就算打晕你独享了面具，还记得把衣服用尿沾湿放在你的脸上，以为这样就可以活下来了吗？"苏洺同边说边朝着角落的白杨走过去，"只有戴着面具的人才可以活下来，不过你也去陪她吧！"

说着苏洺同举起手枪对着白杨，可他马上发现了不对劲，因为正常被抢指着的人怎么可能一点儿动作没有？

但是已经晚了，大饼从身后等这个时机很久了，含着无限的悲痛与愤懑。冲向了大为吃惊的苏洺同。

"莹莹，停下，不要，千万不要！"大饼看着白莹已经拿起了苏洺同掉落的手枪，准备射杀对方。"你哥哥绝对不希望你这样，更不希望的是，你重复他的宿命呀！"

"对对，不要杀我，不要杀我！"此刻摇尾乞怜的苏洺同跟刚才那个人完全不同，这让大饼看着都觉得羞愧，毕竟是自己的亲生弟弟呀！

白莹听到这里，看了看苏洺同的模样，把手枪递给了大饼，然后看了看白杨，走过去给自己的大哥披上了衣服，突然用所有的力气哭了起来，所谓悲痛欲绝，应该就是这样的场面吧。

其实更加悲痛的是大饼，但是这个时候她需要坚强，需要把已经泛滥的泪水重新咽回去，她明白，她身上又多了一个人的期待，他们存在她的未来，从未离开！

第九十八章　诗音不哭　大饼不哭

　　"诗音，听到录音的时候，记得不要哭，不要哭。"白杨面带微笑地说着，"你知道吗，也许这就是宿命，因为当初有人欺负白莹，所以我将他们全部活埋了，我本想等到白莹长大，就去自首，本以为我的生命注定不会完整。可因为你，因为你我体会到了爱情；因为白莹我一直拥有亲情；还是因为你我们一起认识了相信我们的场馆学员、同事，收获了友情。所以，我的生命已经如此完整，我没有什么好遗憾的，我很满足了。现在，我只需要你，我的爱人、亲人、挚友——诗音！我要你答应我，一定不要放弃追赶幸福的脚步，一定！"

　　苏洺同重新被逮捕，估计这次肯定是要被判死刑了。不过大饼以及所有人的生活还没有回到正轨，尤其是白莹，这些天只把自己关在房间里，不吃不喝。大饼不得已，将这段录音播放给了白莹。而且大饼考虑过，白莹作为白杨的妹妹，也应该了解白杨生命最后的状态以及遗言。

　　那天，大饼从昏迷中醒来，发现自己的脸上戴着面具，觉得刚刚被白杨袭击的位置非常疼。

　　"怎么下这么重的手！"大饼自言自语着环视周围，看到白杨在一个角落蜷缩着，而且还没有穿衣服。又发现自己手中握着一部手机，上面的界面正好是播放录音的状态，她慌忙走到白杨身边，同时按下播放键听到了白杨的这段"遗言"，因为她确认之后，发现白杨已经死了有一段时间了。

她甚至连伤心都来不及，因为后面白杨还交代了他的计划：

他需要用力击晕大饼，这样伤痕才不会让苏洺同产生怀疑，同时也确认要击晕才行，否则大饼一定不会同意他的计划。他把面罩给大饼戴上，留下录音，布置好场景，然后把自己摆成了那个后来苏洺同看到很自然的状态，最终慢慢地等着死去。

也许那个时候的白杨真的像他所说的那样，没有遗憾，不后悔。因为此刻的他，静静地躺在棺木里，是那样的安详，嘴角还残留着微笑，就像是他预见到了结局一样——大饼和白莹一定会平安无事！

白莹已经缓过来了，她懂得：可能这样的结果，对白杨来说，是最好的。

而且，她还有亲人，她需要坚强，为了所有关心她的人，最主要的是——她还有大饼！

可大饼却哭了，她本来不想哭的，可望着白杨，眼泪就是止不住地流下来。索性，这次她不再假装冷漠。最终她哭得比那天白莹哭得还伤心，哭得好像从来没有哭过一样，没有人劝她停下，也没有人多说一句话，因为这个女孩真的需要，需要这样痛痛快快地哭一场……

永不放弃

第九十九章　你是否愿意成为我的新娘

多年以后，在婚礼的现场。

"恭喜你呀，诗音，终于等到这一天了！"很多人都对着身穿白纱的大饼送着祝福，而大饼的脸上也洋溢着幸福的笑容。

她望向舞台之上的新郎：

高大帅气，彬彬有礼。另外，现场的宾客从细节也能够看出来，新郎对新娘的温柔体贴、无微不至。当然，经历过这么多的新娘也受得起这样的幸福。

随着音乐的响起，大饼走向那个象征全新开始的地方。

此刻，她站在新郎近距离的地方，看着舞台下面：

她看见坐在主席的宋公铭、王梅、静锐，她还仿佛看见了梁树、白杨！他们共同用那样欣慰、那样笃爱的目光看着此刻的自己——如此开心的模样。

"先生，你愿意娶你面前这位女士为妻，并且爱她、忠诚于她，无论她富有或是贫困、健康或者疾病，直至死亡才可以将你们分开！"牧师庄重的言辞促使所有在场的人都静悄悄地期待早已确定的答案。"你愿意吗？"

"我愿意！"新郎坚定地回答。

"女士，你愿意选你面前这位先生为夫，并且爱他、忠诚于他，无论富有或是贫困、健康或者疾病，直至死亡才可以将你们分开！"牧师用同样的言辞询问新娘，"你愿意吗？"

"我愿意！"作为新娘的白莹坚定地回答。

大饼作为伴娘，在最近的位置，送白莹走向了人生新的篇章！

今天的大饼尤其高兴，不仅让在场所有单身男士欣赏了她的美貌，更让所有人敬畏于她的酒量。

大饼啊大饼，就算作为伴娘，你也是个"超级伴娘"！

婚礼很顺利，典礼过后，一波又一波想要认识大饼的单身男士都被大饼灌趴下了，在酒精的驱使下，现场更加热闹。这帮男士上台又唱又跳的，新郎也被拉上去唱了一曲"江南 style"。

白莹和大饼在下面看表演笑得前仰后合，可流下的眼泪不知道是因为笑得太过火，还是不舍对方。

再亲密的情谊终会分开，就算是亲人，也一样；

再热闹的宴席终会散场，就让这千杯，敬时光。

但只要你需要我，

再远的地方，我一定马上来到你的身旁。

在心中、在路上，陪你到地老天荒！

清晨，大饼从酒精浸泡过的大脑中醒来，头有些微痛。

"喂，你好？"大饼揉着脑袋，手机放得比较远，她也懒得看号码就用床头的蓝牙耳机接起来了。

"大饼姐！"22 周岁的小孩，声音已然成熟了好多，可在大饼耳中、心内，还是那个孩子模样。

"好久不见。"大饼这次选择了一句问候，自小孩出国之后，她们没有再见过面。上次她找小孩凑钱，也是很快又还给了小孩，再无联系。

"是呀，不过我这次又遇见难事了，你不是保证过一定会帮我吗？"其实对于小孩，大饼的样子也从来没有改变过。

"这次不会又让我做你女朋友吧？"那种经过多年却丝毫未变的熟悉感，让大饼也禁不住开始打趣小孩。

"不是。"小孩的回答让大饼的心里产生些许莫名的失望。不过小孩马上又说：

"这次不是想让你做我的女朋友，而是想问问，你是否愿意成为我的新娘？！"

（全书完）

特别鸣谢以下参与主创人员（按照咨询前后顺序）：

校稿员：

吴　勇　静永旺

军旅相关情节顾问：

梁树立先生　赵永飞先生　吴永杰先生

医院相关情节顾问：

吴琼医生　张晓云医生　王媛医生　方秀统医生

法务相关情节顾问：

英涛律师　王吉林警官